同成社近現代史叢書⑥

一訓導の学童疎開日誌

岡本　喬

同成社

「一訓導の学童疎開日誌」目次

一訓導の学童疎開日誌

出発まで

昭和十九年夏

七月十六日

菊池校長は全職員を集めて、昨日東京都から学童集団疎開実施要領の通達がきたと話した。そしてこれはいうまでもなく、空襲などの非常事態にそなえ、先ず児童の安全と生命を守るためであり、われわれ教育者の戦争であるといった。校長が教育者の戦争だといったのは、先日の安藤内相の新聞談話を受けてのことにちがいなかった。

疎開実施要領が示す疎開先は、関東五県と都下三多摩郡、山梨、静岡、宮城、福島、山形、新潟、長野の諸県だった。つづいて収容施設、食糧、引率者などについて細々とあったが、校長は今全部話しても忘れるだろうから、逐次その時になって伝えるといった。

教師たちは取り立てて質問をしなかった。それは今年になって、万一の空襲に備えて国鉄駅周辺の密集した家屋の取り壊しや、安藤内相が都市近接の県知事を集めて、学童疎開についての協議をおこない、さらに内務省、文部省、東京都が共同で学童集団疎開の実施について、すでに新聞発表をしていたからだった。

最早とやかくいう余地はなかった。そして実施となれば鋭意力を尽くすだけだと思って僕は聞いた。戦局の悪化はもはや明らかだ。すでにマリアナ群島のサイパン島に米軍は上陸し、日本軍の守備隊は奮戦中と報道されていた。

七月十七日

急遽父兄会を開いた。全学年の父兄を収容する広さの教室はない。夕方七時、やや陽射しが弱まった校庭で開いた。校長は学童集団疎開実施の趣旨を話し、一通り説明が終わり、集団疎開に加わるか、縁故疎開にするか、あるいは疎開不可能かを書いてもらう申告用紙を父兄に渡す話になると、それまで静かに聞いていた父兄が、にわかにおしゃべりを始めた。異論の声ではなかった。互いにどうするか話し合う声だった。いままで経験したことのないための驚きと不安と逡巡が入り交じった声だった。僕は決しておろそかには聞いてはいなかった。六年生女子担任で、六〇名の子供はみな僕の腕の中にいるからだ。やがて親たちの声は静かになった。

七月十八日

大本営は七月七日すでにサイパン島の日本軍守備隊と多くの住民は玉砕したと発表した。疎開は急がねばならない。

僕は自分より年長の野田訓導の教室にいき、学童疎開について話し合った。野田先生の考えは僕の考えとほとんど同じで、快よかった。

疎開での教育は従来とは異なり、日常生活と教育の一体をはかる、つまり集団生活の規則をまもり、行うべき学習を行い、その理想は師弟同行、行学一体の錬成ともいうべきものでありたい。したがって無計画な生活様式ではなく、またご都合主義の指導計画であってはならず、そしてこの実践は異景の中にあっては、並大抵の努力では達成できないということだった。

七月十九日

朝の職員打ち合わせで校長は、明日から夏季鍛練期（夏休み）にはいるが、疎開のための協議もあり、また緊急の問題も起こりうるから、毎日出勤するように命じた。すると西川訓導が、毎日出勤する必要はないでしょう。従来通り休んで必要のある日だけ出勤し、あとは疎開前の英気を養うべきでしょうといった。英気とはうまく言ったものだ。言い逃れもいいところだ。西川訓導は四十歳代なかばだが、いつも酒に呑まれた生活をしている。酒の匂いをさせて教室にはいることもしばしばあった。鍛練期は一か月ある。その間アルコール中毒気味の彼が休んで何をするというのだ。僕はこんな彼が集団疎開の引率者になるのは不適任だと思った。

午後、子供たちを帰した後、僕は蒸し暑い教室で集団疎開に必要な物や心掛けを思いつくままにノートに書いてみた。

楽譜多数。レコード。蓄音器。ハーモニカ。脚本。お話しの原稿。児童図書。手旗など。

音楽に関係した物は、実際持っていけるかどうか分からないが、子供たちは住み慣れた都会と親から離れた田舎の生活は、何かと寂しく、沈みがちになるにちがいなく、そんなとき音楽は救いになると思った。また子供たちには疎開先で方言を使わせないことにした。普段正しい言葉の使い方を指導しているからだ。

さらにまた児童心理に関した図書と、参考のために工場の宿舎管理に関した図書を求め急いで読むことにした。

親からの手紙や物品は検閲したほうがいい。親の心情はわからぬではないが、子供たちの心をいたずらに乱すような手紙や物品をそのまま子供に読ませたり、与えたりしては、よくない影響があるからだ。また児童に眼や歯に異常のある者は、至急治療のことと書いた。

七月二十日

早朝、東条内閣が総辞職した。僕は以前東条首相が町々のゴミ箱を視察している新聞写真を見て、やれやれと思い、物資の倹約の状況を見るのはいいが、こんなことをして何になるのかと思った。

校庭で一学期の終了式をおこなった。菊池校長は児童たちに、戦局の厳しさの中、明日から夏季鍛練期だが、三年生以上は準備の出来次第学童疎開にいくことになった。皆は戦時下の子供らしく心をひきしめて、生活をするようにと話した。子供たちはすでに疎開を知っていて、集団疎開と聞いても驚きの表情は表わさなかった。声をあげる者もなく黙って静かに聞いていた。ジリジリと照り付ける強い陽射しのためか、顔や頭をなぜる者が多くなった。

教室にはいって、児童の持ってきた疎開申告書を集めた。僕が担任する女子六〇名のうち、集団疎開希望者は四七名、縁故疎開一一名、不参加二名だった。不参加とは考慮中ということなのかどうか分からない。後で親に聞くことにした。

縁故疎開の希望者を皆の前にだし別れの挨拶をさせた。明日から夏季鍛練期にはいるから、級友と顔を合わせられなくなると考えたからだった。

午後四時半、校長は全職員を職員室に集め疎開の引率の予定者を発表した。

野田、西川、坂井、小笠原、山崎、大江、榊原、小寺（小生）の八名だった。

問題のある西川訓導も指名されたが、現在学級担任なので校長はこれを外す訳にはいかなかったのだろう。彼の自重をまつだけである。発表が終わったあと懇談的に、親が子供と一緒に疎開にいくことの可否についての話がでた。僕は反対だった。親の情を思えば宿舎の近くに住みたいだろうが、そう出来ない家庭がほとんどだ。他の児童に影響があるのは分かりきっている。

突然西川訓導が寝具の都合から兄弟姉妹は同衾してもいいのではないかといった。これも他の児童への影響があるので僕は反対した。まだ疎開先も宿舎も皆目分かっていない段階で、先走って軽率な発言は控えてもらいたいものだ。

職員の集まりが終わり、しばらく周囲の者と雑談して廊下にでると、校長室からでてきた金沢首席訓導と顔をあわせた。すると先生は、あんな分らず屋の校長の下では、仕事はやっていけないといった。僕にいうためではなく、たまたま顔が会ったからだったが、不満の表情を露にしていた。

首席訓導は疎開の引率教師の問題で、校長とかなり言い争ったらしかった。常々、管理能力もあり気骨もある首席と対照的な性格の校長とでは、意見の食い違いはこれまでもよくあった。

夕刻、新聞は小磯国昭陸軍大将と米内光政海軍大将に、協力組閣の大命が降下したと報じた。いよいよ時局は急を告げる想いだ。勤務退出後、疎開不参加の申告書を提出した児童の家庭訪問をして、事情を聞いた。一人は縁故疎開希望にしたいといい、もう一人の親は不在だった。

慌ただしい夏休み

七月二十一日

転校先は決定していないが、縁故疎開者の退学届をまとめ、いつでも転校先の学校に送れるように準備した。校長から僕の母を寮母にしてはどうかと薦められた。僕の父はとうに死亡していて、母と二人だけの家庭である。それを校長は知っての薦めだった。こんな個人的なことで心配をかけるのは恐縮だが、ありがたかった。母も疎開地での奉公ができればこれに越したことはない。無論教育上の考慮あっての配置でなければならないが。

図書を四冊購入した。うち『少年団とその錬成』は、疎開での教育に少しでも参考になればと思ったからである。

七月二十二日

帝都南部に位置するO区にある本校の疎開地は、静岡県の藤枝・焼津西部方面と決まった。ところで、すでに区の教務課長は五日間も現地に出張したが、なすこともなく帰ってきたということだ。一体どうなっているのか。これは確かな話ではなく真偽のほどは不明だが、隣のS区の区長は学務課長を、最近は配給以外は入手困難な酒を持たせて疎開地にいかせた。するとたちどころに相手の役場も警察署長も相談に乗ったという。また僕と師範の同期のAが勤務するM区の国民学校は、南多摩郡下のH町とN村に割り当てられたという。そこで校長が役場にいって宿舎の相談にいったところ、さあ、どうしましょうか、とまるで気乗りのない様子、直接ある寺にいって折衝すると、産業戦士に貸す話がきているといい、他に回ってみたが結局宿舎を見出だすことができなかったという。

学童集団疎開は閣議で決定したのだから国策といっていい。また東京都でもこれに沿って通達をだしている。それが行政の先端になるとなぜこんなことになるのか。教育行政の動きや流れは若輩の自分には分からないが、こんなことでは、児童の生命を守る意気込みも萎縮してしまうではないか。

だが外部の批判ばかりしていられない。本校の女教師W訓導は、この四月に退職をしたいといった後、三月一杯欠勤をして俸給を貰い、辞めるかと思ったらそのまま新年度をむかえ、しょっちゅう欠勤し、集団疎開の話になると、引率者数は制限があって、どうせ教師は余るんだから、私一人辞めても何の影響もないでしょうといい、七月三十一日付けで退職願いを提出した。またG訓導は、去年一年間休職しこの四月に復職したが、七月一杯で恩給がつくので退職をしたいと申した。個人の生活設計は人によって異なるのは分かるが、学童疎開となると急いで退職というのは理解しかねる。

七月二十三日

菊池校長から区の校長会の決議の話があった。

一、集団疎開から除く児童は、集団生活に耐えられない虚弱者、伝染病疾患者、喘息、癲癇、夜尿症、夢遊病の傾向のある者、盗癖のある者、極端な強暴性のある者。兄弟姉妹の同宿の問題は結論がでなかったという。

二、事故発生時、保護者からの苦情は受け付けぬ誓約書を書かせること。

三、寝具、衣類の荷物は一人三〇キログラム以内。身体検査は七月中に実施。携行品つまり持ち物検査をする。
四、寮母、作業員については、健康、常識的な教養をもつ者。
五、学童と関係のある者は同じ寮では生活をしない。
二年生以下の学童の同行は、区長の承認が必要である。
六、経費については、一部を奉仕会（保護者会）にて準備する。また疎開学童の学級後援会を組織する。
疎開に関する貯金、献金は残留職員が事務を担当する。
七、疎開派遣教員の手当ては支給しない。残留教員は少数になるが、学校防護は肝要。
八、その他、清掃用具持参、蚊帳の準備など。
校長会の決議はこまごまとしていて、どれもなおざりには出来ぬことではあるのだが、聞いていてやれやれと思った。
九、疎開の準備は七月中に完了のこと。

七月二十四日

準備および持参する物の覚書を書いてみた。

★児童。

一、学習具。教科書、帳面類。用具（鉛筆、筆、硯、絵の具、水洗、パレット、小刀、裁縫類）、縄跳び、工作用具、算盤。

二、生活用具。寝具（敷布団、掛け布団、かいまき、枕、敷布）、寝衣、腹巻き、下着、パンツ、着物、帯、靴下、足袋、モンペ、防空頭巾。洗面用具（手拭、歯磨、ブラシ）、ちり紙、食器（箸、茶碗、皿）、雑巾二枚、針、糸（白黒三メートル）、団扇、帽子。

三、その他。日記帳、小遣帳、葉書、玩具、水着など。

★引率者。

一、生活具。寝具、寝衣。洋服、シャツ、パンツ、ズボン、着物、帯、帽子、ゲートル、靴、傘、団扇、扇子、洗面器、洗面具、ちり紙、食器（皿二枚）、水筒、コップ、印鑑、針、糸。

二、図書その他。参考図書、辞書、文具（ペン、インク、鉛筆）、絵の具類、ハーモニカ、楽譜、脚本、住所録、葉書、封筒、便箋、貯金通帳、水着、新聞紙、マッチ、煙草、包装用紙、紐、糊。

★学級および学寮用。

一、学寮日誌、手旗、笛、蓄音機、レコード、タクト、ラジオ、児童図書、お話の原稿、目覚時計、懐中電灯、提灯、画鋲、名札。児童住所録、保護者一覧表。

★校具。

国旗、校名旗、教師用教科書、理科用具（六年生として必要な物のみ）謄写版用具、自転車、蚊帳、バリカン、剃刀、火鉢、炊事用具、薬品、衛生用具、体温器　防空用具（防空頭巾）。

以上であるが、これらを総て持参する訳ではなく、無論取捨選択はする。

七月二十五日

区内の校長が五人現地を視察し関係者との交渉にいったが、児童の人数が多過ぎて調整がつかなかったという。藤枝、焼津、湯ヶ島方面には本校以外にも疎開する学校があるようだが、どこかで準備が渋滞しているらしい。だが詳細は分からない。もうすぐ七月も終わるというのにどうなっているのだろう。

七月二十六日

僕の母を自分と一緒ではまずいので、野田訓導の寮の寮母になるようにたのんだが、どうなるか分からない。疎開準備はなにしろ変更が多いのだから。

七月二十七日

疎開希望児童を招集し身体検査をおこなった。校医より環境が変わるため、六年女子の中には初潮をみる者が一割ほどあろうから、女教師よりあらかじめ生理についての講話をするようにとの話があった。

職員が五人集まって懇談的に都や区の教育行政について話しあったが、年配の教師たちもほとんど関心がなかったようだった。

僕は教師になって七年目、この学校に赴任して四年目の若輩だ。学童集団疎開について都の教育行政がどう動いているのかも、それを受けての区の教務課や校長会がどう動くのか、誰が疎開地を配当しどう宿舎を決めるのかなど、ほとんど分からない。分かるのは校長からの伝達と、まれに他区にいる友人からの話だけだ。これはおそらく僕だけではないだろう。うちの年配教師たちもどれほどの情報を知っているのか、話題は少ない。意欲がない訳ではないが、若い教師も年配者も、行政の動きに関心をもたないのが実際だ。しかし僕は校長の話はよく聞き、引率を命じられれば、出来ることは何でもやるつもりだ。それに家庭を持ち子供のいる教師にくらべれば、僕は動きやすい身分だ。自分のやることを嫌だと思ったことはあまりない。一所懸命やるだけだ。大いに文句をいい、意見をいうのは、子供の指導上のことで、いままでそれで衝突したり、癪にさわったりしてきた。

午後、職員会が開かれいろいろ意見がでた。思いつきばかりだった。疎開寮では教師の部屋がほしい。男の先生はいいが女の先生は部屋がなくては困る。児童は男と女の子は同一宿舎でもいいと誰かがいえば、早熟の子供がいるし、変態性の子供もいる、そいつは考えたほうがいいという。児童を引率しての緊急避難の集団疎開だ。誰も未経験だから、普段なら当然理解のいくことをあれこれいい、確固たる考えをもたない。つまらない意見をいう。

西川訓導がまた妙なことをいった。空襲から退避するのが目的だから、子供に生活を飽きさせないことが肝要で、教科の学習は第二第三だ。ただ遊ばせておいても無事ならいいじゃないかという。僕は強く反対し、酔っ払いが何をいうかと思ったが言葉にはださなかった。

校長は奉仕会から引率教師側に毎月五円くれるよう頼むつもりだといった。すると十円か十五円にしてほしいという意見がでた。するとまた西川が発言した。遠慮することはない。大事な子供を引受けるんだ、十五円と吹っ掛けてみてはどうですか。それに奉仕会以外からもカネを集められないか。われわれが自由に使えるカネがなければ、飲み代の出所もない。出入りの商人にカネを摑ませないと、買いたいものも買えませんよ、という。校長は嫌な顔をし、おい、そいつはいい過ぎだといった。僕が学童疎開は遊興にいくんじゃないですよ、といえば、彼はあはは、君はまだ若いよ、といった。また僕が各学級の学習の落差がないように工夫すべきだというと、またも彼は、実際授業なんか出来ると思うかね、君はほんとに真面目だが青いよ、という。僕は癪にさわって、漫然と年をとっていていいわけはない、といい返した。

決まらぬ疎開地

八月一日

校長会があったが宿舎の割り当ては、なお決まらなかった。まだ宿舎さえしっかりと確保できないのが本当らしい。

大本営の発表によると、テニヤン島に米軍が上陸し、わが守備隊は果敢に反撃中というが、ロタ島にも敵軍は上陸の気配があるという。また新聞には帝都北部のI区の国民学校は四日には早くも疎開先に出発するとあった。僕たちはまだ何も決まっていない。

午後二時、岡田と金村の家庭訪問をした。共に縁故疎開の交渉がうまくいかず、集団疎開に変更したいと強い希望があった。岡田は虚弱だし金村は精神的に未発達でいささか心配だった。

午後五時、菊池校長は隣のI校で開かれる校長会にでかけた。疎開受け入れ先の県と宿舎の割り当ては決まるのだろうか。出掛ける前の校長の話によると、静岡県では保有食糧の関係で疎開受け入れ数は約八〇〇〇名で、われわれO区内の学校もいくようになれば、一部ははみだしてしまうこともある。そうなれば六年生は遠く富山県に割り当てられるかもしれぬという。

八月三日
朝から職員会がはじまった。校長は昨日の校長会で決定したという静岡県の宿舎の割り当てを発表した。
志太郡藤枝町　泉竜寺（受入れ可能数一〇〇名）
志太郡焼津町　清涼寺（受入れ可能数五〇名）
熱海　相模館（受入れ可能数一五〇名）
寺を学寮とする場合は近くの国民学校に通学させ、旅館の場合は（多分他校と共用）そこで授業をおこなう。疎開出発は、各学校七日までに実地踏査をすませ、区へ報告し、十日には出発するよう努力してほしい。そしてこの間に学校では宿舎、職員の割り当て、荷物の取纏めを済ませ、蚊帳、水枕、バリカン、目覚まし時計、ラジオなどを保護者から借りだすようにというのだ。何にやら取り上げた項目が大小ちぐはぐで、慌てふためいた平家の都落ちのようだ。

つづいて校長は次のように職員を割り当てた。

泉竜寺　五年男女　坂井、小笠原訓導

清涼寺　四年女　野田訓導

相模館　三年男女・四年男　西川、佐藤、山崎訓導

小笠原、山崎両訓導は女教師である。八月三日に発表された予定者とは少し異なっていた。

僕と女教師の大江訓導の担任する六年男女は未定だった。現地の受入れ人数の予定からはみだしたというわけか。富山県行きかもしれない。ここで言えるのは、四月当初に編成された学級担任はご破算になり、新しい編成になったということだ。だが、僕は疎開出発まではこのまま六年女子の面倒はみなければならない。一二年生は授業を停止し家庭にとどめるが、適宜召集して残留教師が児童の状況を把握することになった。

午後七時半、急遽学級別に父兄会を開いた。児童の服装や持ち物、布団などについての話。あま

り急だったので出席は半数ほどで、それも母親ばかりだった。

父兄会が終わってから校長より六年女子の引率について相談を受けた。それは僕が女子を引率することに懸念があるようだった。言うことが遠回しで要領をえない。要約すればこんなことだった。学校生活だけならいいが、朝夕の生活つまり衣服の取換えや夜の睡眠、それに女子の生理などを考えると、若くて独身の僕には介入しにくい面があるというのだ。僕はこんな言い方をする校長は嫌いだった。僕は責任をもって女子を担任をしている教師だ。何で言い渋る必要があるのか。

また校長はさらに訳の分からぬことをいった。榊原を君と組ませるつもりだったが、彼は無資格（助教）だから除かねばならず、代わって女教師でもいいのだが、どう思うかね、誰がいいと思うかねという。変ないい方だ。ここで女教師が不適切だという理由など何もない。校長がいいたいのは、僕が独身者だから女教師と組ませるのは問題があるということなのだ。

僕は誰でも結構です、といい、それが駄目なら、教師の経験のある寮母を探してくださいといった。学校全体の調整を考えれば、僕は何でも我慢しなければならないと思っているのだ。

八月四日
割り当てられた教師たちは校長と共に、それぞれの目的地の実地踏査に出発した。いつか鍛練期間は従来通り職員も休みを取るべきだといった西川訓導は、大事な日に欠勤した。また酒の飲み過ぎではあるまいか。僕は少々不愉快だった。彼には疎開を任せられるとは思わない。除外したほうがいい。

正午、区の上条視学より電話があった。これを受けた金沢首席訓導の話によれば、割り当てられた熱海の相模館は、壮丁の練成場として使用されるかもしれないので、使用出来るかどうかわからない。だが実地踏査にはいってくれというのであった。

ところが三十分も経過しないうちに、また電話があって、相模館の借用は駄目になった、これから区役所でこのことで会議を開くから急いできて貰いたいという。会議となればうちの学校だけでなく、他校の者も集まるのかもしれない。校長不在のため、代わって二年担任の広沢訓導がでかけた。広沢さんは二時間もすると帰ってきた。結果は熱海地区の予定は変更になり、伊豆大仁管内の湯ヶ島で宿舎を物色することになったという。では、すでに熱海にでかけた連中はどうなるのか。湯にでもはいってくるというのか。だが、そんことはいってはいられない。疎開は急を要するのだ。

午後七時二分、警戒警報が発令された。小笠原南方洋上の敵機が日本本土を狙っているらしい。

八月五日

土曜日早朝、広沢訓導は視学らと共に湯ヶ島の実地踏査にでかけた。踏査というからにはすで宿舎の候補は決まっているのだろうか。午前八時、警戒警報発令。

午後〇時三十分、警戒警報が解除になった。長時間の警報だった。

八月六日

校長と野田、坂井両訓導が実地踏査から帰ってきた。現地の応対は極めて親切な所と、そうでない所があったという。

僕の担任する女子のうち集団疎開から縁故疎開に転向する者は増えるばかりだ。中には縁故疎開の行き先も決まらないのに、集団疎開はやめるという者もいる。この数日に転向を申しでた者は、安藤シズ子、河内照子、細田秀子、岡田正代、山下キヨ、戸田数子、小沢イトの七名である。

体が虚弱な者はやむをえないし、現地にいって病気になったらこれも困るが、児童が持ってきた親の手紙を見ると、何をいっているのか文意不明のものが何通もある。要は集団生活を嫌っている意向が見える。不安で心が揺れる親の気持ちは分からぬではないが、それなら初めから希望しなければいいのにと思い、複雑な気持ちになった。

午後、僕の教室で山崎訓導と疎開での学業と生活について話し合った。

僕の意見はこうであった。宿舎の割り当てが学年別に纏まったのはよかった。問題は学習の方法と内容だ。これは現地の学校との折衝を経てのことだが、宿舎から学校に通学する場合と宿舎で学習する場合とを考え、いずれにせよ、経営理念、授業方法はしっかりとたてなければならない。その研究はすぐ取り掛からなければいけない。

さらに僕はいった。僕は工場の宿舎管理の本を読んだ。それによると、工場の業務と宿舎での私的生活は確然と区別されている。仕事は工場長、宿舎は舎監によってしっかりと経営されているようだ。ところで、僕たちのこれからは、学業は教師、日常生活は寮母というように明確に区別するわけにはいかない。引率の教師も寮母も協力して、学業と生活を有機的にやらないとまずい。

ここまでいうと、普段から気の強い山崎さんは、きつい口調で、有機的にだって、随分観念的な言葉ね、各組が連絡を取り合って調整を取り、格差がないようにっていいたいんでしょ。それは理想主義よ。そんな机上の空論みたいなことをいわず、各人が自分の仕事の区分を明確にし、責任を自覚してやればいいのよ、万事単純直截にやらないとね、という。では、めいめい勝手になりはしないか。そんなことはないわよ。話はざっとこんなふうだった。そして山崎さんは、あなたは今の女子担任を続けたいのでしょう、それは私情というものでやめるべきだという。また教師の学業担当は当然だけれど、それとは別に女子の日常生活となると、男には踏み込んではいけない難しいところがあるでしょという。これは八月三日の校長の話に似てきたと思った。山崎さんが、若い独身の僕では、すでに成長しつつある女子の担任は、何か危うさがあると考えているらしい。それは校長と同じだと思い、いささか心外だった。

四方田妙子が集団疎開をやめ、縁故疎開に切り替えるといってきた。遠い富山県にいく噂を聞き親の考えが変わったようだった。なんとなく不愉快だった。

八月七日

職員会を開き野田訓導が実地踏査の状況を報告した。

役所の係員が案内した清涼寺は、明るく陰鬱な感じはなく、住職は出征中で奥さんと娘が寺を守っていた。付属の幼稚園があり、疎開用の予定は二五畳分の広さだったが、四一畳分を提供するそうで、机も椅子もあり授業をするとなれば好都合だし、娘さんは寮母に採用してもらえればありがたいという。炊事用の大きな釜があるが蚊帳はない。便所は児童がくるまでには新設する。近くには国民学校があるので、交渉次第で教室が拝借できそうだとのことであった。

つづいて湯ヶ島から帰った広沢訓導から、宿舎として天城旅館を本校専用として借用することが出来たと報告があった。三年男女四年女全員の収容が可能だという。ありがたいことだ。

八月八日

小磯内閣初の大詔奉戴日だ。だがいまは奉仕活動をおこなう雰囲気ではなく、集団疎開ばかりが頭を占めている。

佐野ヒトミが残留となった。虚弱が理由である。これで六年生の集団疎開数は男四八名、女三七名となった。

今日になってまた疎開先情勢が変わった。湯ヶ島温泉の旅館は本校専用ではなく、他校と併用と変更された。

富山県のわがO区の割り当ては、能登半島をふくむ二郡と決定し、教務課長が調査に出張し十一日に帰京するという。また宿舎のことはごたごたするにちがいない。

午後一時半より児童、職員と、すでに採用が決まった寮母のチフス予防注射をおこなった。僕の母も寮母に採用されることになって注射を受けた。

夜八時、泉竜寺と清涼寺が疎開先に決まった五年男女と四年女の父兄会を開いた。目的はいままでの疎開促進の状況と荷物などの説明である。集まった父兄はなぜか、わいわいと話し合い、以前のような沈痛の気分はない。それどころか、何やらお祭り騒ぎの雰囲気が広がっている。やがて金がなければ何もできないという意見がでて、それには奉仕会（後援会）を結成すべきだということになって、たちまちそれは決まってしまった。

ところが会は終わっても解散をしない。話題は集団疎開の参加の可否について意見がでていた。一人の父兄が立ち上がって、家庭にはそれぞれ都合がある。それなのに事はどんどん進行している。これは大変な問題だという。すると直ぐに反対がでた。事はすでに決まっている。なぜいまになって問題にするのか。疎開について学校側から説明もあったし、疎開参加の希望も取っている。なぜ今になってそんな意見をだすのかという。

意義をだした父兄は集団疎開に反対なのだが、それをはっきりいえないために、さらに曲りくねった意見をいった。だが今は意見を闘わせている時ではなくなっているのだ。やがて話が鎮まるとこんどは、疎開について物資の無償提供は異論があるという者がいた。提供する者としない者とがあっては、気まずい問題がでるという。何やら話はぎくしゃくしている。だが、夜の時間の経過のうちにいつしか波は鎮まった。

八月九日

理科室で寮長会が開かれた。ところがわが六年生の行き先は決まっていないし、寮長も決まっていない。だがそんなことはいってはいられず僕が出席した。金沢首席訓導はてきぱきと会を進めた。内容はおおよそ次のようであった。

一、父兄会は随時開催し、連絡は密にしなければならない。寮長会も同様である。

二、食糧ついて。集団疎開用の食糧前渡し請求書は、各二通作り、一通は食糧営団支所に提出し配給を受ける。

三、十日分の米の分量。十歳以上三合四勺（四四八グラム）、十歳以下二合七勺（三五八グラム）。副食物は東京都から缶詰、塩鮭、バター、魚粉などを配給する予定。なお米は疎開予定日から起算し、まず十日分を学校で受領し疎開先に発送、以後はこれに準じて行う。

四、異動申告書は町会に提出し、区役所で転出証明書を発行してもらい、校長がこれを取りまとめる。

五、教職員の他区よりの通勤者はその所属町会で、手続きをすませる。

六、学校より学童集団疎開用調味料配給申請書を営団支所に提出し配給券を受け、支給を受ける。代金は区役所支払。砂糖一ヶ月一人〇・五斤。味噌十日分一人百匁。醤油十日分一人一合三勺。

寮長会が終わり休んでいると、子供が親からの手紙を持ってきた。また集団疎開の変更である。白木キミ、山梨美代、横山幸子は縁故疎開へ、大山久代は父に召集令状がきて出征するため残留し、林りん、森田政雄、木田修、萩原洋一郎も理由は書いてないが考慮中だという。四人ともすでに参加の申請書をだしているのに、どうしてなのか。やはり富山県行きの噂を聞き変更したいのだろうか。

八月十日

早朝菊池校長は区内の全校長による実地調査のため富山県に出張した。僕の学級はいよいよ富山県にいく可能性がでてきた。これでまた不参加が増えるのだろうか。

児童を集めて先日未実施者の予防注射をした。校医はいよいよ帝都も安住の地ではなくなったな、とぼやきながら帰っていった。林、森田、木田、萩原は結局縁故疎開となった。これで六年生の疎開参加者は男四四名、女三二名、計七六名。縁故疎開男一一名、女九名、計二〇名となった。ところがこれで人員の変更はないと思っていると、さらに赤羽三朗、東山裕子が集団疎開取り止めをいってきて、八木峰子は一家で長野県に疎開するという。

八月十一日

児童を連れて近くの妙本寺にいった。樹木が鬱蒼と茂っていて気持ちの治まる感じがした。隠れんぼをして遊んだ。

八月十二日

昼過ぎに校長は帰京した。話によると疎開候補寺院は、富山県石動町。定光寺、当源寺、長楽寺、大念寺、称名院で、五ヶ寺とも受入れは各五〇名で、われわれ六年は男女別々の寺となり、寮母は現地で採用するという。だがこれで決定したわけではなかった。三時から何度も区の教務課と電話のやりとりがあった。

八月十三日

朝からまた教務課長と電話のやりとり。ここがいい、こちらがいい、駄目ならあちらを探せと、もたつきもいいところだった。一体俺の行き先は何処だといいたくなる。最後に富山県ではなく静岡県行きになる可能性がでてきたという。

夕方、改めて上条視学から校長に電話があり、六年生の男子は静岡県志太郡方面へ、女子は湯ヶ島方面に決まったというのだった。

八月十四日

校長は坂井訓導と僕に藤枝方面の実地調査にいくように命じた。何とも漠然とした話だが、藤枝警察署にいけば万事わかるというのだ。とにかくいってみなければ話にならない。

疎開地の下見

八月十五日

早朝六時に家をでて国鉄O駅で坂井先生と落ち合い、七時二五分京都行きに乗車。午後〇時二五分藤枝駅着。四粁歩いて藤枝警察署に着いた。ここで疎開人数について話し合った。警察のいう疎開受入れ人数は五〇名だが、もし超過する場合は承認してもらいたいというと、警察はこれを了承した。

ここで疑問に思ったのは、疎開関係は藤枝町か近隣の町の学務課が一切仕切るものと思ったがそうではなかったことだ。しかし警察の指示によるしかなかった。

僕たちはバスで六粁ほど走り宮部町役場に着くと井口町長に挨拶し、つづいて小型トラックで学務課の係員と共に疎開予定の聖沢院にいった。帰りは国民学校にいき高野校長と首席訓導に挨拶し、学校の状況を聞き、再び藤枝駅へ着いたのは午後九時を過ぎていた。帰京は明日にした。

駅近くの宿で今日の行程の概要をノートに記した。

疎開宿舎。静岡県志太郡宮部町聖沢院。住職は岸田良順氏。六十歳ほどで落ち着いて温厚な感じの坊さんにみえた。

交通状況。東海道線焼津駅より宮部町までは約七粁でバス一日二回運行（静岡より焼津へは一時間に一回）。バス停は宮部町国民学校前。ここは町の中心地で役場へは七〇米。

環境。町はやや田舎町の雰囲気あり。役場は古い建築物だが、これに比較して学校は大きな木造で立派だった。

聖沢院は町より四粁先で稲田を前に山を背にした所。途中大きな川があり土地の子供たちが水遊びをしていた。稲田が山に接する所に裕福そうな白壁の家屋が何軒も見える。

聖沢院は本堂内の両脇に小部屋二、庫裏との間に一部屋。庫裏は三部屋と広間。庭に向いて土間。低く横長の机五、六脚。炊事場は広く一斗炊きの釜がある。便所は内便所があるがそれは使わず、新しく設置する外便所を使う予定。洗い桶、米櫃、薬罐等は役場で、なぜか風呂桶は警察で用意してくれるという。宿舎の横には小川があり子供の洗面や洗濯が可能と思われる。

荷物（家庭で梱包して送られてきた児童の夜具、衣類）の運送は、焼津駅に到着すれば、宮部町役場で用意したトラックで寺に運ぶ。

学校から持参するもの。教科書、小黒板、諸用紙、謄写版及び原紙とインク、墨、硯、薬品、蓄音器、ラジオ、盥、洗面器、蚊帳などであろうが、これは帰校して早急に纏めなければならない。

宮部町国民学校。二教室借用、理科用具、薬品類は学校の備品を使ってよく、机の不足分は後日役場で補足するとのことである。授業は主要なものは学校で、他は宿舎で行う。だがこれは後日学校とも話し合い検討しなければならない。児童は約四粁の徒歩通学。

メモを書き終わると疲れたのですぐに床についた。

八月十六日

午後帰校してみると、菊池校長はすでに急遽決まった湯ヶ島へ出張したあとだった。金沢首席訓導の話によると、現在の担任は解任となり、疎開引率者は校長の帰校後発表するとのことだった。職員全員で教具類その他を疎開地別に分類し、荷造りをしたがうまく進まない。第二回のチフス予防注射をおこなった。僕の学級の欠席者は五人。

八月十七日

校長が実地踏査から帰ってきた。宿舎はなお未決定だが湯ヶ島地区の変更はないという。疎開先の割り当てが発表された。これが最終決定である。予定より若干の変更があった。

★藤枝町　泉竜寺　五年（男四五名・女四四名）坂井、小笠原訓導。
★焼津町　清涼寺　四年（女三四名）野田訓導。
★宮部町　聖沢院　六年男（四〇名）小寺訓導。
★湯ヶ島　三年（男四三名・女三六名）、四年（男三四名）六年（女三〇名）山崎、大江、西川、佐藤訓導、補助・榊原助教。

僕は女子組を手放すことになったがやむをえない。

湯ヶ島への出発は二十七日、他は二十一日とし、児童の荷物は二十日午前中までに学校に持ち込むことになった。

八月十八日

午前十時、全父兄会を開き校長がいままでの経過を説明し、学級の新担任を発表した。父兄から新担任について質問がでたが、ほとんどが前任者だったため問題はなかった。今は非常時なのである。わがままはいってはいられない。全父兄会が終了すると、学級別の父兄会を開いた。

僕は六年男子の父兄に実施踏査の状況とさらに、疎開での学習と生活について話し要望と協力をねがった。転出証明書は明日提出してもらうこと、また家庭で纏めた荷物は出発の前日午前十時までに学校に持ち込み、それをO駅に運び疎開先に発送することを話し、さらにガリ版印刷による荷物一覧を渡した。

一、学用品。教科書、帳面、筆記用具等。
二、寝具。敷き布団・掛け布団各一枚、敷布一枚、枕一個、搔巻あるいは毛布等。
三、衣類。寝巻、下着、シャツ、腹巻き、猿股、靴下、足袋、防空頭巾等。
四、日用品。食器、箸、コップ、歯刷子、歯磨粉、石鹼、手ぬぐい、マスク、雑巾、鼻紙、葉書、封筒便箋等。
五、履物。運動靴、下駄。

荷物一般はあくまで目安であり、父兄各自よく考慮して基準重量三〇キログラムを越えないようにして貰いたいものである。

小遣いは一人十円と決め、引率者の責任で管理し出納を明確にし、自由に使わせないことにした。現地は小遣いを使える店もない場所でもあり、余分の小遣いを持たせ貸し借りなどがあって悶着が起こっては困るのである。父兄からは幾つかの質問があったが、異論はなかった。全体としての必要用具にはポータブル、蚊帳、ローソク、バリカン、水枕、懐中電灯などがあるのだが、早速貸し出しと供出の申し出があり、ありがたかった。それにしても人間の移動は実にこまごまとした用品が必要なものだ。

夕方、宮部町町長へ出発の予定日と作業員の採用依頼の手紙を書いた。無論差出人は校長名義である。

千葉一郎が疎開の変更をいってきた。今月中に縁故疎開を決めるのだという。これで参加者は四〇名となった。

八月十九日

児童を召集し全員を四班に分け、級長佐藤洋治、一班より四班までの班長は小池誠、漆原昭平、秋山純、上野勇三と決めた。四班に分けたのは二十四時間の生活を考え、心身の状態を考慮し、各班には健康な者を組み入れ弱い者を助けることにしたためだった。

縁故疎開と虚弱のための残留者には、みな別れ別れになるが、再び逢うひまで健康に注意し学習も忘れぬように話した。かれらは少しさびしそうだった。

全員に教具の荷作りを手伝わせた。進んでよく働く者あり、仕事の見つからぬ者あり、要領よく立ち回って手をぬく者ありで、これからの生活が思いやられる。しかしまだ引率者（担任）になって三日しかたっていない。児童についての先入観は禁物であるが、前担任から児童の身体状況は聞いておくことにした。

放課後、転出証明書を取りまとめ、食糧前渡申請書は食糧営団支所に提出し、さらに宮部町町長へ宿舎の設備、荷物運搬及び作業を依頼し、疎開先寺院の住職へは出発予定日を知らせる手紙をだした。

八月二十日

家庭からの荷物を受け付けた。三〇キログラムの制限を越えたものが多く、ゆうに二倍を越えるものもあり、これらはみな包み直してもらったが、終始怒っている父親がいた。なるべく多くの物を入れて不便をさせない気持ちは分かるが、輸送と運搬上の荷物制限を考えればわがままは許されない。僕は無理解の親に腹をたてたが、ローソクや懐中電灯、手拭など箱に入れて寄贈してくれる親もいるのだ。

荷物の受け付けが一段落し親も子供も帰し、明日の予定をノートに書いた。

役所よりの前渡金と食糧営団からの食糧受領、父兄よりの借り物の借用書、児童の個性観察簿と小遣い出納簿作成、身体検査実施、児童各自に体重グラフ表の作成、各班の行動規則を印刷し配布することなどである。

引率者の持ち物としては、学籍簿、出席簿、校名旗、ポータブル（篠田より借用）、傘、薬品、砂糖三袋、石鹼。書きながらなぜ砂糖、石鹼なのかと吹き出してしまった。今日で夏季鍛練期は終了である。

夕方少し涼しくなったので、教室で新聞の切抜きをノートに張り付けた。集団疎開に関して伝染病の解説と注意事項が詳細にでていたからだ。赤痢、疫痢、ジフテリア、皮膚病、虚弱児などについてである。読んでいるとさまざまな症状があって恐ろしくなる。だが医療は医師にたよるほか方法はない。最後に食糧問題として「都会から地方に移住した学童は四、五日すると新鮮な空気、美しい自然、爽やかな微風、その他一切の環境の変化によって、食欲は大いに進むが、食糧は都市の配給より増える訳ではない。ここで児童の偏食矯正や咀嚼訓練にはえがたい機会である」とある。

僕は伝染病の知識は理解したが、偏食矯正や咀嚼訓練にいたっては疑問に思った。食糧はそんな訓練をするほど余裕はないのだから。

二学期開始

八月二十一日

今日から第二学期開始だ。なぜか始業の気分が湧いてこない。しかしこんな顔を子供たちに見せる訳にはいかない。報道によればグァム・テニヤン両島の日本軍は玉砕したという。こうして次々にわが南方の島々が米軍に占領されるが、必勝の信念を揺るがす訳にはいかない。

子供たちに手伝わせた教具の荷造りが終わった。あとは児童の荷物と共に教師父兄力をあわせ、国鉄のO駅に運び発送するだけである。奉仕会がオート三輪車とリャカーを準備する筈である。荷物の個数は児童分四〇個、教具七個、調味料等合わせて職員分五個である。今後、多少の変更はありそうである。

前渡しの食糧の通知がきた。米二〇九キログラム、砂糖三四四〇匁、醤油五、五七合、味噌四三〇〇匁。合計米四俵、味噌一樽、醤油一樽。下駄が八足配給された。どのような内訳でこうなのか分からなかった。

宮部町町長より校長へ来信があった。宮部町へ疎開する学校は他にもあるので、運搬の都合上、貴校の荷物発送日は二十七日にされたい。また町で用意する食料品の割当てもあるので、児童の増員は受け入れられない。なお聖沢院住職の好意で庫裏を寝室に使用してもよい。医療については寮より四粁離れた町の医院（内科一般）を利用されたいとのことであった。

井口町長への返信は人には任せられずぐずぐずしてはいられない。早速返事を書いた。おおよそ次のようである。

種々ご好意深謝。荷物発送日の件了承。駅から宿舎まで運搬のトラック宜しく御配慮願いたい。当方の児童数は六年生男子四〇名、荷物五二個。聖沢院住職との宿舎の間取り相談の件感謝。なお諸設備の件宜しくご高配のこと願いあげます。設備費の件はすでにご存じと思いますが、東京都より支払われる旨、当方教務課長より連絡がきておりますと、謝礼と依頼を込めて書いた。また聖沢院住職にも手紙を書いた。

夕方六時、上条視学よりようやく湯ヶ島の宿舎は天城旅館に決まったと電話があった。

今後、焼津の清涼寺と藤枝の泉竜寺、天城旅館については、各寮長の仕事なので僕が手をだすことではない。この記録は宮部町聖沢院行きのことが中心になるだろう。

八月二十二日

学校に集団疎開実施要領の通達がきてから、今日で四十二日になる。慣れぬことばかりで気忙しく、思わぬ変更もあって万事予定通りにはいかず、今は授業は始まっているが、子供たちは一時間もしないのに、しきりに体を動かして落ち着かない。これは暑さのせいばかりではない。夏季鍛練期の気分が残っているうえ、学校全体がザワザワとし、空気のぬけたような空虚の時間もあって、これらはみな子供の心に影響をあたえているのだ。

思えばこの夏休みは遂に一日の休暇もとらず出勤し、疎開の事務や仕事にかかわってきたが、これは疎開出発までつづくのだろう。ところがこんな状況で教師の中には、今の学級は疎開までの学級だと思ってか、朝出席をとったあと授業をしたりしなかったりで、作業も偶発的におこない弁当を食べさせ掃除をさせるだけで、集団の訓練はほとんどしない。非常時という名目のもとの安易さの中で、働くものは働き、働いても惰性的事務的だし、全く働かず教室にこもってでてこない者もいる。集団疎開がかつてない重大問題なのは周知の筈が、現実と意識と行動が必ずしも一致しない。教育の理念もなく計画性も稀薄なのだ。だがそういう僕が一人立派だというのではない。疎開実施要領の通達がきた当初、疎開についての教育理念と授業計画をあれこれ考えたが、仕事や気配りに気を取られて何一つ満足に出来ないでいる。これでいいのかとつくづく思う。

いよいよ集団疎開の動きが具体的となった。国鉄O駅で午後一時半より荷物輸送の打合会があった。疎開先の寮長の野田、坂井、小寺とまだ寮長と決まっていない大江の四人が出席した。指定された輸送日と駅の要望は次のようである。

一、輸送日、八月二十七日。

二、車輛割り当て。

藤枝駅行き　小貨車一輛　一一六個（申請通り）

八時より九時

焼津駅行き　小貨車一輛　一一〇個（申請より七個増）

十時より十一時

修善寺駅行き　小貨車一輛　二〇五個（申請より一三個増）

正午より午後一時までに搬入のこと。

駅当局の要望は、小貨車一輛は荷物約一三〇個、大貨車一輛は約一七〇個積めるから、それ以内の増加はよろしいが、修善寺駅行きの荷物は多過ぎるので、認めにくい。しかし校長の荷物持参の証明書を提出すれば、輸送方法は考慮する。なお荷物持ち込み時間は厳守されたい。

三、方法。

学校側からの荷物は、着き次第すぐ貨車に積み込めるように時間内に終了させること。荷物の個数は確実な数をマル通の発送係りに申告する。

四、着駅時のこと。

駅員や勤労奉仕の者が荷物の運び出しをするが、滞荷せぬため前もって着駅の駅長と連絡を取り、遺漏のないよう務められたい。着駅は大体翌日の午後。当駅では発車と同時に着駅に電報をうつゆえ、先発者は荷物の到着時間を把握し事に当たってほしい。

打合わせが終わり学校に帰ると、なお仕事があった。

学籍簿、出席簿類、教科書、諸用紙、薬品、電球、雨合羽などの荷造りと味噌醤油の分配であった。荷物は増えるばかりだ。これが終わるとつぎに宮部町町長に荷物輸送の打合わせ事項と、荷物受け取りについての依頼の手紙を書いた。

残留の井田先生が紙袋を二十枚、村田先生が児童の個性観察簿を作成してくれた。

午後四時より職員会。首席訓導より出発日と父兄への伝達事項と、爾後必要な物品の荷造りについての話があり、種々協議をおこない、終了したのは午後六時だった。

八月二十三日
児童の身体検査をしたが、計量器が故障して使い物にならず、やむなく風呂屋にいき計量するように話した。しかし風呂屋は毎日営業している訳ではない。妙な話だった。
午後一時より父兄会を開き、連絡と要望事項は次の通りである。
一、疎開出発は九月一日。児童集合時刻は、国鉄O駅からの乗車時刻の連絡によって後日決定する。また前もって決めた父兄の先発隊は午前九時半に校庭集合、ただちに出発する。
二、宿舎の部屋割り当てと班編成上の参考として、改めて家庭、児童の心身状況について聴取。
三、児童の服装、弁当、水筒などの持ち物について。
四、空襲時の心得。勝手な行動はとらず教師の指示に従うことを今後も指導する。
五、蚊帳は必要数集まったことに感謝する。
六、先日の父兄会で賛成をえた児童の小遣いの件は、変更となり、学校で統一して集め、毎月疎開先に送金することになった旨話す。
七、父兄と児童の通信については、児童を迷わす内容は遠慮願うこと。すでに疎開実施の他区の学校では、ホームシックになって悩む子供が勝手に郵便局にいき電報をうち、親が疎開先に駆け付けてきた例がある。よって手紙は検閲をさせてもらう。（異議なし）

父兄会の終了後、新田重吉の母より、六年男子の寮のみで使ってほしいと百円の寄付があった。
午後四時より学校で、奉仕会、町会主催の職員のための壮行会があった。

八月二十四日

山崎訓導と広沢訓導が奉仕会の役員と細部打合わせのため、湯ヶ島の天城旅館に出掛けていった。広沢さんは引率者ではないが、学級数も多く何かと困難な問題が予想されれので同道することになり、明日の夕刻帰校の予定である。

僕は野田、坂井、大江訓導と国鉄で輸送する以外の荷物について相談した。前に決めた荷物と重複するものを整理し小型に造って分配し、重要な物は教師が持ち、他は個々の児童の手荷物として運ばせることにした。国鉄では輸送制限があるのでこうするより方法がなく、子供たちにこんな経験をさせるのはいいことだ。

荷物を列挙すれば次のとおりである。

校名旗、疎開関係書類、領収書用紙、諸報告用紙、薬品、ポータブル（学校備品）、ヤカン、傘、水筒、防空服、トランク、カバンなどなど。数えてみれば児童分四〇個、教具一二個、職員分七個、よくもつぎつぎとあるものである。

思えば毎日予定していた仕事は終わらずつい繰越してしまうが、つくづく人間は物がなければ生活ができないのだと思い、当然のことながらいやにもなる。だが今日で荷造りも終りだ。

進藤アヤ訓導（二十四歳）が赴任してきた。挨拶も物言いもしっかりし、動作も敏捷のようで頼もしく感じた。校長は進藤訓導を天城旅館寮の担当に加えた。だがここで問題なのは引率者は指名されたが、主任（寮長）が決まっていないのだ。そのため湯ヶ島行きの教師たちの仕事ぶりは、まるでお手伝い気分の者もいる。奉仕会費の集金の責任者もなく、集金不足がでてもそのまま。見兼ねた僕は自分の財布から一〇円をだしてやったほどだった。こうしたことは主任を決定しない校長の責任であり、怠慢でもあると思う。僕がこれを首席訓導に話すと金沢先生は、あんな校長はいないほうがいいといった。思い切ったことをいうものだ。

ジフテリヤ予防注射未実施の子供を校医の医院に連れていった。帰ってくると新田重吉の母がまっていて、多量のローソクを寄付してくれた。

八月二十五日

職員会で校長より次の指示があった。

一、寮長については、一学級の場合は引率者が、多学級では上席訓導を寮長とする。なお引率者は全員学級担任のつもりで責任を自覚してもらいたい。新任者と助教は補助員とする。天城旅館の寮長は山崎訓導。

二、前渡し金（児童一人当て二〇円）は区費より出費されるので、寮長は受領書を準備し、後日区長宛てに提出する。だが前渡金は食糧と燃料用の区分ははっきりしないという。

三、疎開受入れ側の炊事賄い費は前渡し金をもって充当し、役場に移管すること。

四、乗車券は各寮長が前日に東亜交通公社に購入を依頼し、代金は公社が区長に請求する。

五、寮長は八月末に疎開関係の物資については、区費等と関係があるので区への実情報告書を作成し、また宿舎到着後の状況を毎月校長に報告してもらいたい。

六、警報下、児童に防空頭巾を着用させる。すでに荷物に梱包していたら速やかに取り出しておく。

七、本日より疎開児童と残留児童は分けて授業を実施する。（校長はこういったが、どういう授業をせよというのか、残留児童は少数であり、同じ教室で複式授業をせよというのか、どうも理解しにくい）。

国鉄O駅より児童の乗車日時の連絡があった。

九月一日、六年男子と四年女子。

焼津駅行き午前十一時十八分。

焼津駅着午後四時五十分。

（無論、六年男は聖沢院行き、四年女は清涼寺行きである。湯ヶ島天城旅館行きは別途なのでここには記さない）

僕は児童の乗車時刻の状況を藤枝警察署長、焼津駅長、宮部町町長、宮部町国民学校長、地方事務所長、聖沢院、清涼寺へ葉書をだした。

以上でも分かるように、八月十七日に校長会で予定していた二十七日の疎開出発予定日は大きく変更し、実質的には国鉄の輸送計画によって決定されたのだった。

いよいよ出発

八月二十六日
午後一時より児童壮行会をひらき、校長は今まで疎開について注意した事柄を喚起させ、再び元気で帰校する日まで充実した生活をするように話した。その後父兄会もひらき、校長は出発時を奉仕会会長は後援の状況を説明し、奉仕会より子供一人当て三枚の葉書の寄贈があった。

疎開の実施に当たり、先発隊として奉仕会は役員の中から田辺、吉沢、原島の三氏がいくことになった。驚いたことに学校側はあの酔っぱらいの西川訓導がいくことになった。しかもこれは事前の自薦だったというから訳がわからない。

先発隊の任務は、疎開先の関係への贈呈品を持参して挨拶をし、荷物受け取りの時刻と取扱いを駅長と相談、役場関係者へ児童と荷物搬送のためのトラックの手配と作業員の採用を依頼、また宿舎にいって設備の進行状況等を把握することだった。

八月二十七日

午前七時、町会の人々がオート三輪とリヤカーを使って、荷物を国鉄O駅に運搬してくれたのはありがたかったが、指定時刻より早すぎたため駅の荷物係主任より厳しい文句がでたという。荷物を長時間ホームに置けないというのである。もっともなことで、町会の人々が国鉄の時間の厳格さを知らぬとは不見識だった。

宮部町町長に学校より電報をうった。

ニモツ二八ヒ　ヤイヅツク　タノム　センパツモ二八ヒイク

「センパツ」とは教師一人と奉仕会の役員をさすのだが、分かるかどうか。だが、うってしまったあとではもう遅い。

八月二十八日

早朝先発隊が出発した。今まで何度も僕は学校名儀で手紙をだしたが、受入れ先よりは何の連絡もこなかった。受入れ態勢はできているのかどうか、返事くらいあってもよさそうだが、地方の人は悠長なのだろうか。

昨夜、大江、野田、西川、山崎らの四訓導は、宿直室で私的に壮行会をひらいたという。奉仕会より寄付された酒を勝手に飲み大声をあげて歓談し、軍歌を咆哮したというのだ。これはすでに二日前に計画され、誰かが奉仕会よりの物資は豊富にある、ひとつ盛大にやろうじゃないかと呼び掛けたという。僕には話はなかった。今朝になって野田さんは、連絡をしなかったのは君の姿が見えなかったからだといったが、野田さんのような実直で分別のある人が参加したのは残念だった。温厚で少しお人よしなのがそうさせたのかもしれない。僕はもし話があっても参加はしない。疎開の準備開始以来、慣れない作業をし、様々に変更を繰り返しやりくりし、子供たちを叱咤激励し、疎開先に連絡し、統一的に調整し、必ずしも能率的に進んだとはいえなかったが、ともかく出発に漕ぎ着けた苦労は、全員のものだ。慰労を悪いとはいわないが、勝手に公的の酒や物資で飲み食いし、放歌高吟していいわけはない。

児童の小遣いについて。

以前、僕は父兄会で寮長の僕が責任を持って預かって管理すると説明し、父兄からも異論はなかった。しかしその後金銭の管理は残留職員が担当することになったのだが、さらに職員会や父兄会から新たに意見がでた。ところがこの取扱はどうも曖昧で不明瞭だった。それが十六日の父兄会でようやくまとまり、次のようになった。

毎月児童一人当て七円を集金し、内訳は小遣い一円五十銭、おやつ代三円、後援費二円五十銭とする。そして小遣いの管理は学校側の希望があって寮長が預かり、児童個人に渡した後は各自の意志にまかせる。おやつ代は奉仕会が管理する。

ところがここがどうも分かりにくい。教師がいちいち奉仕会から金をもらい、おやつを買い、子供にあたえるというのか、奉仕会がおやつを買って疎開先に送るというのか、寮と奉仕会は遠距離にある。面倒なことである。

だがこれらに関しての集金には裏があった。奉仕会では後援費を集める名目はない、そこで小遣いとおやつ代名儀で集金するというのだ。僕はなぜそうするのか、おやつ代はおやつ代でいいし、後援費は会費として集金して何の支障があるのかと思うが、じつはこれには暗黙の別途の使いみちがあるらしいのだ。

前渡し金について。

これは二十五日に平賀O区長よりの連絡として、菊池校長から教師たちに話があったことであるが、さらに詳細が分かったので書いておくことにする。

前渡し金は区の教育費よりだされるもので、児童一人当て二十円とし食糧と燃料費を賄うものである。そして二カ月に一度精算した領収書を、所定の用紙に記入添付して、区長宛てに提出する。

なお十日分の前渡しの米等の代金はこの中に含まれるというのだが、この点やや不明瞭なのは、要するに米等はあまるように使い、精算期まで持ち越すようにするということらしい。

僕は学寮（聖沢院）での一日分の経費を計算してみた。おおよそ次のようになる。

20円×40＝800円（一カ月前渡し金）

900円÷30＝30円（三十日として一日分）

但し、米等一度に購入するものを考慮して、一日の米約二一キログラム、代金約七五〇円。醤油約五〇円。味噌約五〇円。計約八五〇円。故に一日約二〇円残り、これから燃料費を引いたものが副食費となる。

八月二十九日

小荷物の学習用具（校具）を児童に分担し、乗車の際に持たせることにした。また出発日の弁当用として奉仕会が負担した、一食分の乾パンを家庭に持ち帰らせたが、食糧難のため食べてしまわないかいささか心配だった。

午後一時より寮長会を開いた。輸送中警報が発令された際の処置について話し合ったが、児童の把握方法など一般的な考えしかなかった。せいぜい防空頭巾をかぶり教師の指示に従うことくらいだった。各報告書については校長や区長宛てにすることを確認し合い、最後に寮における一日の行事計画を打ち合わせた。次の通りだった。

午前。

五時三〇分、起床

五時五五分、朝礼

六時、ラヂオ体操、行事注意事項伝達、掃除

七時、朝食

一二時、昼食

午後。

一二時三〇分より二時まで昼寝
二時より四時五〇分まで学習、運動、自由
六時より七時まで入浴
七時、夕食
八時、反省
八時三〇分、就寝
八時四〇分、職員会
これは現地での生活によって訂正すべき箇所もでるかもしれないが、各学寮は統一的でなければならない。
打ち合わせ終了後、教案簿、学寮日誌、食費会計簿を作った。

八月三十日

午前九時十二分出発の湯ヶ島行きの児童をO駅に見送りにいった。みな元気だった。だが親たちの何人かは子供にまつわりつき教師の指示にしたがわず、引率者を悩ませた。児童のうち三年生はまだ幼いが、めそめそする者は一人もおらず、みな明るい表情をしていた。これにくらべ親たちの意気地なさはかえって子供の心を阻喪させるのではないかと思った。

学校に帰って召集した六年男子の出席をとると、比留間次郎、佐々木拳、副島健太郎、南三次、橘英夫が欠席だった。佐々木は兄が予科練に入隊するためだったが、他の者の理由は分からず無断欠席だった。先程出発した子供の親といい、欠席した子供の親といい、考えなおしてもらいたいものだ。

六年生全体で九月一日の出発式の練習をした。暑さにも負けずきびきびした行動をとって立派だった。児童代表の佐藤洋治の挨拶も簡潔で要をえてなかなかよかった。練習の後、持ち物検査をした。無論これは大きな荷物のことではなく手荷物であり、父兄会での要望をよくまもって余分の物は持っていなかった。

児童の解散後、奉仕会の役員がきて宮部町との協議と聖沢院の実地踏査の結果を伝えてくれた。児童は焼津駅からトラックで宮部町国民学校に運び、受入式をおこない、さらにトラックで聖沢院へいく。この時は多忙で夕食の準備はできないだろうから、夕食は持参することになる。同道者は引率者の他教師三名、奉仕会婦人部二名。住職その他との懇談会は後日にする。聖沢院の設備は部屋八畳四間、十畳一間で前の話とは違うので、実際に適合するよう交渉したい。部屋の棚と風呂場は整備中。作業員は未決定で役場の担当者は出来るかぎり早く決めたいとのこと。

奉仕会より懇親会費として二五〇円の寄付があり、自由に使ってほしいとのことであった。

午後二時より菊池校長と打ち合わせをした。

一、前渡し金については、食費（燃料費を含む）は児童平均四五人分として、一ヶ月九〇〇円、トラック代四〇〇円を受領し、領収書を区へ提出する。

二、トラック代はただちに支払わず、現地の相場にそって支払う。

三、出発当日、あるいはその後一、二日奉仕会婦人部の炊事等の手伝いがあると思われるが、これに対しては応分の謝礼はだすべきで、これは校長が配慮する。

四、十日間の米の配給は、一日四八八グラム（約三、五合）を食べては不足することもありうるので、加減してもらいたい。

五、学寮の施設費用は請求書を校長に提出する。

六、その他の諸経費、輸送費については、当日校長が同道して交渉に当たり、町長、地方事務所、警察署には校長が出向き挨拶をする。

八月三十一日

午前九時、東亜交通公社に乗車券を取りにいった。午後一時には児童を集め明日の予定と諸注を話すつもりでいたが、集合前に記念写真を取ろうということになって、校庭で騎馬戦をやった子供たちがあった。ところが、乗馬した新村弘が落馬して、尺骨の肘頭にヒビをいらせ医院に連れていくことになった。医師の診断によると治療に一か月かかるという。これでは疎開は延期せざるをえない。家庭訪問をして母親に経緯を話すと心よく理解してくれた。治療費は疎開の機密費からだし、食糧は保存しておきその処置は残留の広沢訓導に頼むことにした。

どうもこの男子組には付和雷同する者がいるようで、これからは厳しく注意しなければならない。先日の荷物を駅に運搬する際校庭に置いてあった二台のリヤカーに一人を挟んで怪我をさせている。出席をとると全員病気の者はいなかったので喜んでいたが、ここにきて怪我人がでて、何やらケチがついたようで嫌な気分になった。だが、これは児童のことばかりではなかった。朝、金沢首席訓導の姿が見えないので、どうしたのかと思っていたら、驚いたことに今月三十一日付で退職願をだしたというのだ。日頃校長とのあいだに確執があったのが原因かどうか分からないが、これから何をしていくのだろう。金沢先生は昼過ぎになっても姿をみせなかった。

ともあれ明日は疎開に出発だ。心して出掛けなければならぬ。

疎開地の教室

第一日目

九月一日

集団疎開出発にふさわしい晴天だった。

今まで暑さの中で気忙しく準備をつづけ、ここにきてもし雨天だったら児童も大人も暗い気持ちになっただろう。そう思うとまだ秋の気配は感じられない強い暑さだが、いざ出発という気分になる。

午前九時半学校集合。六年男の疎開参加児童は度々変更があったが、全員四〇名。引率者（小生一名）、付き添い菊池校長。同行は寮母に採用された僕の母と奉仕会役員の小田、淵川両氏である。

泉竜寺行きの五年男女と清涼寺行きの四年女は、国鉄O駅から一緒だが焼津駅で別れることになる。

児童の服装は、男の子は丸刈りの坊主頭に学帽、戦闘帽に運動帽。半袖シャツに半ズボンや長ズボンである。女の子はおかっぱ頭に白い帽子、半袖シャツや長袖シャツ。もんぺをはいていた。靴は男女共ズックの靴やゴム靴、まれに革靴の者がいた。

胸には学校名、学年、氏名を書いた四角の布を縫いつけ、肩には布鞄をかけ手には風呂敷包み、校具の一部を持つ者もいる。

出発式は菊池校長が集団生活の規律と学習、健康について訓話をのべ、児童代表の佐藤洋治は少国民としての自覚にもとづき、立派な疎開生活をする覚悟をのべた。

式が三十分で終わると列を組んで学校を出発し、街の中をぬけ近くの磐代神社にいって申告式をおこなった。神社はこの地域が昔村落だった頃からの鎮守で、出征兵士はみなここで武運長久を祈願した。申告式といっても特段のことをする訳ではなく、戦勝祈願と集団疎開出発の申告と安全を祈願した。見送りの父兄は児童の後からついてきたのだが、ここでも心ない父兄が何人もいて饒舌をやめず、子供たちにも影響して厳粛な式とはいえなかった。

午前十一時十八分国鉄O駅発。改札口で別れを惜しむ父兄が多数無断入場して駅員に怒鳴られ押しだされた。僕の組の父兄にもそれがいたのは、父兄会の回数も少なく、集団行動の心掛けを話さなかったためかと思い残念だった。

子供たちは無事に乗り込んだが、この列車は一般乗客との混乗のために座席が分散し、やや不安の気持ちもあって立ったり座ったりして落ち着きがなかった。だが横浜駅に着くと貸し切りの車輌が待っていて、みなこれに座り終わるとすっかり落ち着き、次々にやってくる風景をながめながら静かに歓談し菓子をたべ、まるでよそゆきの表情できちんとしていた。

午後四時五十分焼津駅に着いた。ここで四、五年生と別れた。

宮部町町長、国民学校長、聖沢院住職、町や近隣の集落の有力者の歓迎を受けた。多くの人々の好意は胸のつまる思いがしてありがたかった。疎開の準備の中、何度も手紙を出したり電報もうったが、何の返信もなく恨めしく思ったが、この人々は決してわれわれを忘れていた訳ではなく、疎外していた訳でもなかった。

役場で用意してくれた大型トラックに乗り、町に近づくと道の両側に大勢の子供たちが並んで、一斉に手をふって歓迎してくれた。この好意もわが子供たちに強い感銘と歓びを与えたにちがいなく、これからの生活に必ずよい影響をおよぼすと思った。町の入口の家並みはいかにも田舎らしい落ち着いた風情をもっていた。

トラックは町中にはいらず、向こうの小高い山を避け左に迂回した。やがて小集落を通り過ぎると道は広々とした稲田地帯にでた。道に沿ってやや大きな川が流れていて、潅木や草むらの中に消えたり現れたりした。目の前の青々とした稲田の果てに岬のように突きでた山が見える。山麓で道は十字路になりそのうちの一つが右に枝のように分かれ、山裾の小川に沿って延びている。トラックはここでとまった。これから先は道路がせまく進めないのである。僕は子供たちを大型トラックからおろし、整列させるとその道を進んだ。道は狭いといっても小型トラックなららくに通れるだけの幅はある。振り返ると大型トラックが青田の向こうに白い土埃を立てて帰っていくのが見えた。

空は澄み稲田も山も青く、今朝立ってきた都会の風景とは特段にちがっているが、この風景を僕は八月十五日の実地踏査ですでに見ている。しかし子供たちにとっては初めて接する新鮮な風景であり、やがてここは親しみを持って生活をする筈の風景であり場所でもある。

道は緩やかに曲りさらに奥へ進むと、ここが聖沢院で住職は岸田良順氏である。

児童はまず瀟洒な山門をくぐり、整った植え込みをめぐらせた庭に整列した。正面にあるのは南向きの本堂、左に観音堂、少し離れて鐘楼、梵鐘はなかった。おそらく軍に供出したのだろう。四本の柱だけがあった。本堂の右わきには玄関、さらに庭に面して大きな庫裏が建っている。

僕は子供たちがここにはいる記述の前に、これから生活をする庫裏の間取りを説明したほうがいいかもしれない。なぜならすでに実地踏査で住職と部屋の使い方について話をすませていたからだ。

玄関にはいり階段をのぼれば、そこは職員室と決められた六畳の部屋で、ここをぬけると本堂と庫裏を結ぶ廊下があり、外側に内便所。廊下に近い本堂のわきの小部屋は寮母の部屋。ここからもどって職員室の前を通り過ぎると左に、校具などをしまう予定の八畳の板の間。庫裏には庭に面して八畳間が四部屋ある。ここは元来檀家の集会に使用する場所だが、子供たちが借用するために襖はみなはずされ、片側には二段の棚がつけられていた。上は日用品や持ち物をいれ、下は夜具をいれる。今日きてみると、児童の四〇個あまりの荷物が部屋一杯に届いていた。住職のすまいは壁をへだてた向こう側だが、そこはわれわれは決して立ち入ってはならない場所だ。

広い部屋につづいて横に長い階段をおりると土間である。ここには庭から出入りする時の下駄箱がある。おそらく急いで新設したものだろう。

広い土間には大きなカマドが二つあり、調理台に流しと配膳台がある。戸を開けて外にでればそこは風呂場で、一度に五人ほどの子供が入浴できそうである。風呂場から少し離れた庭にポンプの井戸がある。長い柄を上下に動かせば綺麗な水が流れだし、子供たちは洗面をし、足を洗うことになるだろう。

庭に児童を整列させ、岸田住職と檀家総代の丹羽氏を紹介した。校長が住職に寺を学寮として拝借する礼を述べた後、住職の受入れの挨拶は簡潔だった。皆さんを歓迎する。これからは先生のいうことをよく守り、健康な生活をしてもらいたいと述べた。児童はこれに答えて全員で声をあげ、宜しくお願いしますといった。

菊池校長は紹介式が終り、児童が部屋に入ったのを見届けると、小田、淵川両氏と共に丹羽氏の小型トラックに同乗した。泉竜寺と清涼寺へいくためである。

児童は玄関で靴をぬぎ部屋にはいってからは大変だった。先ず荷物をほどき、区割りした各自の棚に荷物と私物をいれる声は賑やかだった。やがて掃除をすませ畳に座らせるとようやく静かになった。子供たちは布団の入れ方も掃除のしかたもうまくいかない。これから逐次教えなければならない。

夕食は隣の板の間にある横長の低い机を運んで並べ、その上で摂った。白い割烹着と国防婦人会と書いた襷をかけた人々が作ってくれたものだった。また新しく採用された作業員の横田さんは六十歳くらいの老齢だが、薪を土間に運び火を焚いたり、婦人会の人々を手伝い一緒に夕食を作ってくれたようだった。

夕食は配給の乾パンと各自が家から持ってきた代用パン、副食物で済ますところだったが、地域の人々の好意によって大根の味噌汁と野菜の煮付けを頂いたのは、思いもよらぬことだった。

　夕食はなぜか静かにすんだ。子供たちの空腹がそうさせたのだろう。八時反省会を開いた。これも子供からの言葉は少なかった。やはり疲れていたのだろう。就寝の時間がきた。布団を二列に敷き、部屋の中央に頭がくるように枕を置いた。蚊帳はまだ届いていなかった。蚊はいたが蚊帳が必要なほどではなかった。

　子供たちは布団に横になって、しばらくしゃべっていたが、一日の緊張と疲労のためかすぐに眠った。四〇人が静かに寝る様にふと寂しい風情を感じた。僕は寝る前に書かせた手紙がみな母親宛てだったことを思いだしていた。

九月二日

　午前五時半に起床し、布団を上げ清掃し、庭でラジオ体操をすませてから洗面。つづいて七時半から朝食の準備。六畳の予備室にある横長の低い机を運びだす。布巾で机を拭く、配膳台から茶碗や箸を持ってきて並べる。こんな単純な仕事も集団ともなればうまくいかない。動作の緩慢な者が何人もいる。声ばかりたてて動きは鈍い。だがこれから毎朝やらなければならない仕事だ。我慢してやらねばならぬ。

八時二十二分、宮部町国民学校での受入れ式のために出発した。距離は四キロほどある。十字路より稲田の中を真っ直ぐ進む。昨日トラックでやってきた道とは別の近道だ。稲田が尽き小高い山に掘られたトンネルを通る筈だったが、何やら戦時物資らしい物がつまっていて通れなかった。やむなく蜜柑畑に覆われている緩やかな道を通って山を越え、町にはいって学校に着く。校舎は木造だが堂々として大きく立派だった。

僕が校長室にいくと、すでに菊池校長と奉仕会の小田、淵川氏はきていた。それに町の南方四キロの距離にある開善寺にきたM校の校長と引率者もいた。

宮部校の高野校長と顔を合わせるのは二度目だが、引き締まった顔ながら優しい笑みをたたえ、しかも明瞭な話し振りにくらべれば、せせこましく大雑把な菊池校長は見劣りがした。おそらく高野校長は近隣の校長の中で、重きを置かれている人物なのかもしれない。

受入れ式が始まった。全児童のまえに疎開児童が並び、朝礼台にのぼった高野校長と疎開校の二校長が、歓迎と謝礼の挨拶をし、子供たちの友愛について話し、それが終わると児童の代表が挨拶をし、全員そろって礼を交わした。

式が終了すると菊池校長と小田、淵川両氏は帰っていった。三人は清涼寺にまわった後、藤枝駅で帰京の列車に乗るのだという。僕は子供たちを校庭で遊ばせ、M校の引率者と共に借用する教室と時間、教材教具について高野校長にお願いをした。校長は疎開二校の児童共用となれば、時間と教室のやりくりも面倒なのに、嫌な顔ひとつせず相談にのってくれた。そしてそれぞれ一週間に二日、一日に二時間音楽と理科の授業、あるいは体操用具を使い校庭での授業をしてもよいことになった。ありがたいことであった。

午後一時、水泳にいった。練習と開放感を与えたいためだった。昨日トラックをおりた十字路から少し離れたところに、川が流れている。昨日僕はトラックの上から土地の子供たちが水遊びをするのを見て、水泳ができると思った場所だ。

川幅は十メートルはゆうにあった。川上に橋がかかっていた。僕は児童を岸に並ばせたまま、一人遡って川にはいった。流れはゆるやかで思ったほど冷たくなかった。水深を測らねばならない。膝ほどだった。少しくだると腹を浸すほどになり、少し蛇行している箇所が深くなっていた。僕が泳ぐには浅過ぎるが三十メートルほど流れに乗って泳ぐとすぐに膝が立ち、水泳には安全な場所だと判断できた。

号令とともにみな声をあげて流れに飛び込んだ。僕は下流の浅瀬に立って見ていた。万一子供が流れてきても引き上げられる場所だった。

全員岸につかまらせバタ足の練習をさせた。足の力をぬき真っ直ぐのばして、上下に動かす、この簡単で基本的な動作がうまくいかない者が多かった。無理もなかった。殆ど水泳をする機会はなかったのだから。

上手に泳げる者を十三名上流に走らせ、流れをくだって泳がせた。流れを横切っても泳がせた。後は全員自由に泳がせた。泳ぐというより水遊びだった。川面一杯に声が響き水しぶきがあがった。一時間がたった。水からあがった体に初秋の微風が冷たく感じた。

帰りは子供たちはご機嫌だった。賑やかに話し合って歩いた。周囲の風景はどこまでも清らかだった。

蚊帳が届いた。釣ってみたが部屋が狭くなり、蚊はいないので釣るのをやめた。

オハギの差し入れ

九月三日

まだまだ忙しい。起床時刻になっても起きない者がいた。昨夜眠れなかったのかもしれない。班長が腕を引っ張って起こした。布団上げ、清掃、洗面、冷水摩擦、朝礼、食事とどうやら済ませて、全員を広間に座らせこれからの生活について話をした。

先ず謄写印刷の一日の生活時間表を配って説明した。八月二十七日に寮長会で決めた時間割りである。児童はそれを見ると「いやーっ」と声をあげた。一日の時間割りに拘束されるとでも思ったのだろうが、学校の時間割りからみれば緩やかなものだ。

つづいて集団生活の躾について話した。いままでの行動をみると躾は身についてはいない。整列すら満足に出来ていない。一昨日この寺にきて玄関に入った時、靴の脱ぎ方も出鱈目だった。後からはいってきた者が前の者の脱いだ靴に重ねて脱ぐ。まるで木の葉を撒き散らしたようだ。いままで何をしてきたんだ。今後あんなことは許さんぞ、と叱る。

正しい布団の出し入れと清掃の仕方を、三人の者にやらせて見せた。それから玄関に脱いだ靴は全部土間の下駄箱に入れさせ、今からは玄関は使わないことを命じた。大体、こんなことは一年生で習うことだ、六年生がやることじゃないぞ、といえばみなにやにやと笑った。

庭にでた。班毎に整列の練習をした後、寺内での行動の約束をした。本堂と住職の住まいにははいらない、墓地では遊ばない、自由時間に寺から外へでて散歩をしてもいいが、決して一人では遠くにいってはならない。いいか、集団生活は規則を守ってこそ成り立つ。そして人には迷惑をかけないものだと厳しくいうと、かすかに子供の声がした。おっかねえ。

昼食後、一時間昼寝をさせ、また五百メートル歩いて水泳練習にいった。全員緩やかな流れを横切り、往復練習をした。うまく泳げない者は途中から歩いてでも往復させた。何分水にもぐれるか競争もした。水泳が急にうまくなった訳ではないが、みな水に慣れたようだった。やがて岸にあがって甲羅干しをしをしていると、ふいに風が吹いてきた。風は肌に冷たかった。もう水泳の季節は終りだと思った。

寺に帰ると丹羽氏と共に篠崎氏と白井氏がきていた。丹羽氏の紹介によれば篠崎氏は、この柳地区の財産家で稲作をはじめ広い茶畑と蜜柑畑の持ち主で、区長をつとめていた。いかにも富農者らしい貫禄がありもの静かな人だった。白井氏は昔街道筋で飲食店をやっていたが、いまは篠崎氏のもとで働いているのだという。

篠崎氏は、作業員は横田さんだけでなく一人増やし、郵便配達夫に毎日寺にきてもらったらといいといった。白井氏はどんな細かいことでも、遠慮なくいってくださいという。好人物のようだった。

両氏が帰ると急いで十字路近くの川の対岸にある農協にいき、生活費にあてる前渡し金の千円を預金した。ここではこうした業務もしているのだった。預金は折々引き出して使うつもりだ。ついでに箒二本と草履を五足購入した。後で子供に取りにこさせるつもりである。農協の周囲には家はなかった。広い平地の中に事務所と倉庫が建ち、常駐の職員が何人かいるらしかった。

農協をでて橋を渡った。橋詰めに柳橋と刻んであった。これは子供たちに地域の説明をするのにいい目印になる。道を急いだ。役場にいって転出証明書を提出しなければならない。

トンネルを通って近道をすることにした。戦時物資が詰め込んであるというが通れないことはあるまい。百メートル以上はあると思われるトンネルの中は暗く、物資の集積で狭く足元はじめじめしていた。やはり子供を引率して通るのは無理である。トンネルを抜けると緩やかに坂はくだり、左の斜面は茶畑、右は蜜柑畑だった。数軒の民家があったが豊かそうなたたずまいだった。

町中を歩いた。両側に生活用品を売る店が並ぶ。近隣の農家の需要を賄うのであろう。雑貨屋があった。僕は寮母である母はここで不足の日用品を買えばいいと思った。

役場での転出証明書の提出はあっさりしたものだった。

係りの吏員はご苦労さんですと受けとった証明書を数え、全部で四十名ですね、分かりましたというと、またガリ版に音を立てて忙しく原紙を切りだした。

再び町を通った時、文房具店を兼ねた本屋で、この町周辺の地図があるか尋ねたがなかった。

またトンネルをくぐり、坂を下り稲田の中の道を歩いた。疲れていた。ゆっくり歩いた。道は緑の中を白い帯になって遠くまでつづいていた。ふと今まで全く知らなかった道を歩いている自分が不思議に思われ、稲田の向こうに小さく見える寺の中には大勢の子供が閉じ込められている、なぜこんなことになったのかと思った。つまらない幻覚かもしれなかった。僕は頭を横にふり、斜めからの強い陽射しを顔に受け、大股で歩き出した。

九月四日

炊事は大事な仕事だ。子供の命のもとである。作業員（炊事員）の横田さんは柳地区の自宅から通勤してくるが、老齢の上慣れない手順で食事の準備をする。僕の母は寮母で炊事員ではないが、横田さんの仕事ぶりを見て知らん顔はできず毎日手伝っている。今朝は地区の国防婦人会の人が二人きてくれたが、いつまでもこれでいい訳はない。炊事員を雇う必要があると思う。

児童たちに清掃、洗面、冷水摩擦、ラジオ体操をさせ、六時半には朝食を済ませた。そこへ区長の篠崎さんの来訪があった。篠崎さんは僕の言葉をまたず、炊事のできる人を増やす必要があるでしょうといった。よく物事を見ている人である。早速適当の人を斡旋してもらうことにし、人件費については菊池校長に連絡をとってＯ区の学務課に折衝してもらうことにした。

篠崎さんはさらに、部屋の棚や庭の便所の数が不足しているのは、大工が中途で止めているからであり、きつく督促をするといい、また東京の米の配給は児童の十日分は四四八グラムというが、米と野菜の増配を役場と相談してみようといった。

観音堂の話もでた。篠崎さんは和尚は本堂で授業するのは嫌っているが、観音堂ならいいのではないか。あそこは庫裏から離れていて、歌をうたっても和尚の家族に迷惑はかけないでしょうという。迷惑といえば疎開そのものが迷惑なのだから、恐縮するしかないのである。

篠崎さんは持参してきた箒と草履十五足の代金を固辞したが、無理に受け取ってもらった。観音堂へいってみた。観世音菩薩の像の下は無論教室の広さはなく十畳ほどで、全員の子供が入れない訳ではなく、かりに住職が了承しても何時も使う訳にはいかないだろう。

田口富三郎は腸が弱く下痢をつづけ、小関昭一の背中の皮膚病は広がっている。水泳は見学させていたのだが、あの頃より少しもよくなっていない。昼食がすむと寮母に二人を宮部町の医院に連れていかせた。帰ってきて医師の診断を尋ねると、田口の下痢は伝染病ではないがすぐ治る訳ではなく、小関の皮膚病は伝染性で、二人をこのまま学寮生活を続けさせるのは適切ではない、親元に帰したほうがいいとの意見だった。そこで帰京させることにして校長に速達の手紙を書いた。さいわい白井さんがきたので速達を頼んだ。白井さんはすぐ町の郵便局にいってくれ、出掛けにまもなくオハギ作りができますといった。

何のことかと待っていると女の人が十人やってきた。早速もち米を蒸してオハギを作ってくれるという。アンコは家で下拵いをしてきたし皿や入れ物持参である。ただ砂糖が不足なので子供たちの配給分を使うことになった。一度家に帰った篠崎さんもやってきて、子供たちと一緒に机を運び皿を並べた。

　こうして一人五個ずつオハギをいただいた子供たちは幸福だった。食糧難で米は配給、砂糖は制限、農家には供出以外に自家用米があるらしいが、疎開の子供たちにご馳走を作るのは、地域の人々のよくよくの善意がなければ出来ないことだ。僕は子供たちが寝る前の反省時間によくよくこのことを話して聞かせた。

授業開始

　九月五日
午前中初めて授業をした。狭くて横に長い机に向かっての学習である。

第一時。国語。第一課より第五課までの読文の復習。第十二課の全文書き取り。

第二時。算数。珠算練習。

第三時。時局。ヨーロッパ戦線の状況。

授業は教室ではないし久しぶりなので、児童はややとまどい気味であるうえ、遊び気分もあって集中心がない。声の出し方も気力がなく、計算は遅く何度も算盤の珠を弾きなおしている。

午後一時半より一時間、庭の草取りと清掃作業をし、終わってから子供たちを叱った。木山達哉と比企正男は骨惜しみをして立ち上がってはよそ見ばかりしている。佐田喜作、臼井静雄、市川桜男はしゃがんでいるが手を動かさず饒舌が多い。篠原寛、山部和彦、浅見善吉は何時の間にか部屋にはいって寝転んでいた。呼びだして厳しく叱った。見ればみな可愛い顔をしている。だが、勝手気侭を許す訳にはいかない。

午後五時、宮部町国民学校の首席訓導から、明日午後三時より疎開のM校と懇談会を開く旨連絡があった。

九月六日

学寮で授業。

第一時。算数。珠算は掛け算の練習。

第二時。珠算。考査。

第三時。国語。第六七課の読文練習。

第四時。国語。綴方。

授業中、新居六朗の父が危篤との電報がきた。ただちに寮母である僕の母を付き添わせて帰京させた。宮部町からバスで焼津にでることにした。

昼食後篠崎さんがきて沢庵をくださり、野菜は配給以外に作業員の横田さんに直接農家から購入させたらどうかとの意見があった。白井さんが魚の配給を、農協の事務員が新聞を持ってきてくれた。新聞は先日町の新聞販売店にいった時、以前契約していた店の証明書がないと駄目だといわれた。いくら紙の統制といっても無茶な話だ。また改めて頼むつもりだ。

寺にいてはほとんど世の中の情報がはいってこない。電話はないしラジオも電力が少ないので聞きとりにくく、聞こえないこともある。これではヨーロッパの戦況についての授業どころではないのである。そこで電話は農協で利用させてもらうことにしていた。無論料金を払ってのうえである。

午後一時田口の父がやってきた。小関の親はこなかった。小関も一緒に帰れというといやだという。なぜか理由をいわなかった。田口だけが帰ることになった。荷物の梱包は作業員に手伝ってもらい運送は後日に託し、夜行になってでも帰京するという。田口が山門の向こうに姿を消すと、市川がおれも帰りたいと冗句をいうと、臼井はお前も一緒に帰れ帰れとせきたて二人は子犬のようにじやれ合った。

三時からの懇談会がせまっていた。僕は大急ぎで長い道を歩いた。宮部町の役場にはすでに助役、収入役、M校奉仕会会長と役員、引率者が集まっていた。M校の主催だというがその理由がわからない。引率教師に聞くと奉仕会会長の強い意向によるものだという。やがて菊池校長がやってきた。校長は昨日湯ヶ島の学寮にいき一泊してやってきたのだという。人数が揃ったわりには議題は少なくもっぱら懇談で終わった。助役は野菜の配給量を増やし、食用油、ゴマを特別に配給する、またいままでに掛かった設備費は九〇〇円は程度だといった。

懇談会が終わって菊池校長に、帰京したらO区の学務課に炊事員の増員を了承して貰うように頼んだ。校長は早速そうするから人を見つけてくれといった。小関昭一の病状と学寮の状況を話した。校長は今夜焼津で一泊し明朝帰京するというので、小関と駅で待ち合わせ連れ帰ってもらうことにした。また柳地区の人々の好意を伝え、区長の篠崎さんへ礼状をだして欲しいと頼んだ。校長は分かった分かったと二度いった。

夕食後、班の人員の組み合わせを変更した。仲の悪い者や威張る者、怠け癖の仲間は別の班に入れ替えた。班長も交替させた。これは疎開前に急に僕が担任になったため、児童の性格が摑めきれなかったための処置だが、今後を考えれば変更は早いほうがいい。大きく子供を組み換えた。いままで前担任はどんな指導をしていたのか、放任とはいわないまでも、あまやかし過ぎたのではないかと文句もいいたくなった。

疎開以来特に目立って悪い言動をとった者は次の通りだ。

山南春男、臼井静雄は何にかにつけて、家へ帰りたいといっては仲間を扇動する。内海健次と浅見善吉はわがまま者で何かにつけて威張る、食事がまずい、隣の鼾がうるさい、便所が遠く不便で臭いと騒ぐ。木山達哉と山部和彦は布団を仲間に敷かせたり畳ませ、掃除もやらず骨惜しみをする。小塚恭司にいたっては、夜便所に起きて足が隣の頭にあたり蹴躓いたといって騒ぎ立て、みんなを起こしたことがある。これらはすぐに真似をする子供がいるから困るのだ。

だいたい学校とも親とも離れた生活は決していいものでない。そんなこと分かりきっている。しかし困苦欠乏に耐えながらも、いつまで疎開がつづくか見当もつかず、また一度空襲があれば再び親と逢えなくなるのも杞憂とはいえない。そんな中で皆が勝手気侭な言動をとり、規則正しい生活習慣と精神的安定をくずしたらどうなる。病気にでもなったらどうなる。それこそ身の安全を守るために、はるばるやってきた意味がなくなるではないか。僕は全員すべてが悪い訳ではないが、子供たちに正座をさせお説教をつづけた。どうもお説教となるとつい観念的な話になってしまう。もっと具体的で心にしみるものでないといけない。

九月七日

雨だった。早朝農協にいき小型トラックで小関昭一を焼津駅まで連れていって貰うよう頼んだ。農協では丁度焼津にいく用事があるといい、引き受けてくれた。いくら感謝してもしきれない。雨はますますひどくなり大雨になった。帰ってきた農協職員の話によると、菊地校長は焼津駅で待っていてくれて、小関を連れて帰京したという。安心した。

午前授業。

第一時。国語。漢字の書き取りと考査。

第二時。算数。珠算の掛け算。

第三時。算数。筆算の掛け算、割り算の練習、検算。出来の悪い児童に対して各個指導。他の者は計算練習の自習。

雨に閉じ込められたためか、それとも昨日のお説教が身にしみたためか、落ち着いて最後まで勉強した。

午後、雨はますますひどくなった。寺の庭は水浸しになった。内海健次が傘もささず庭にでて踊りまわり、部屋の中から子供たちは囃立てた。職員室にいた僕はそれに気付くと、風邪をひいて死んだらどうする、と内海を怒鳴りつけた。びしょぬれだった。急いで着替えさせた。

九月八日

午前二時間授業。

第一時。国語。第十四課書き取り。

第二時。地理。大東亜地図をかく。

昼食前、薪運び作業。

午後、M校の疎開学寮である開善寺へいった。先日の懇談会で見学にいく約束をしたためだった。町からバスで十分、降りてから昨日の大雨の名残で、川のようになった稲田の中の小道を五百メートルほど歩いた。靴もズボンの裾もびしょ濡れになった。寺の石段を登ると広い庭があり、本堂の前には薪が山と積まれていた。本堂の中は葬儀に使ったと思われる道具やまだ未整理の児童の荷物や道具がごたごた置いてあった。雨漏りがあったらしく、バケツが四杯廊下にならんでいた。一緒に夕飯をご馳走になったが、子供たちの食事前と食後も行儀が悪く、何班集合といってもぐずぐずして集まらず、静かにといっても騒いで容易に静まらない。四学級もの多勢で教師たちも大変だろうが、児童もそろそろ集団生活に慣れてもいい頃と思った。帰りはオート三輪で送ってもらった。ガソリンの統制下よくも走らせてくれたものだ。聞けば運転の青年は寺の息子で一週間後に軍隊に入隊するのだという。

九月九日

日課の時間変更をした。
午前五時三〇分。床あげ、清掃、洗面、冷水摩擦。
六時朝礼。人員点呼（晴天時戸外）、食事用意。
六時三〇分。朝食。
午後五時。清掃、入浴（毎日にはあらず）。
六時。夕食。
七時三〇分。床をとる、乾布摩擦、点呼。
八時。消灯、就寝。
授業時間割。
日　国語　地理　習字（学校）
月　修身　算数　国語　体操　図工（学寮）
火　国語　算数　図工　図工（学寮）
水　音楽　武道　理科　国語（学校）
木　国語　国史　算数　国語（学寮）

宮部町国民学校へは約四キロの往復である。僕は健脚とはいえない。子供たちもこの地区の子供と比較すれば強いとはいえないだろう。しかし頑張るしかない。就寝前に子供たちと将棋をやり歌をうたった。子供の心になって遊ぶことは難しい。新卒の頃は子供の心に飛び込んであそんだが、いまはいつしか客観的に子供を見てしまう癖がある。子供たちが就寝してから覚え書を書いた。

*柳地区の和泉氏より多量の柿と野菜に大豆を、区長の篠崎さんより梅干し、大豆一升、コンニャク、煮干し、茹でた枝豆をもらう。

*町役場の助役の好意により油五合と薪六五束配給される。なお寺にあった薪六二束も買うことにする。

*農協の職員の説明によると、役場より直接配給する木炭と柳地区の配給分とは別であるが、貰えるものは両方とも貰ったほうがいいということである。

*児童全員分の草履を購入。

*地区の女子青年団が一か月に一回手伝いにくるとの申し入れあり。

*菊池校長に出勤簿、出席簿用紙、教案用紙を至急送るよう連絡のこと。

M校の脱走事件

九月十日

日曜日だが学校にいき授業をした。弁当持参。握り飯二個に梅干し一つ、焼き魚ひと切れに佃煮少々、柿一つ。

第一時。宮部町国民学校の校内見学と話し合い。

第二時。国語。第十六課「月光の曲」を読む、新漢字書き取り、熟読による内容の把握、誰が何処で何をどうしたか。考えたことをノートに書かせる。

第三時。地理。「満洲国」を読む。どうして満洲が出来たか、産物について、大東亜における位置とその意味。

第四時。習字。「見張船夕雲」の練習。

第五時。体操。徒手体操、懸垂、逆上り、脚掛け上り、屈臂、整列行進、号令調整。

学校での授業は児童は落ち着いて熱心に学習し、体操もきびきびやるようになった。やはり学校という環境は大きく影響するものだ。ただ食事が不十分なので体操はかわいそうな気もするし、四キロの徒歩通学は大変で、かりに教室が空いていても毎日は不可能だろう。

僕は学寮に子供たちを残してやむをえず出掛けることがある。その間の児童の自習の方法について工夫しなければならない。これは拝借した学校の教室での自習についても同様である。班毎に別々の目標をもたせるのも一方法である。

児童を校庭で遊ばせておき、吉村医院に高橋正美と佐々木拳をつれていき、医師の診察を受けさせた。高橋は腸が悪く二日ほど粥食が必要とのこと（柿はたべさせなかった、念のため）、佐々木の足の魚の目は次回に手術をするという。

夕方、寮母が東京から帰ってきた。僕の家は無人なのが心配で、一時誰かに貸すことを母と話し合った。

九月十一日

学寮で授業。やはり黒板がないと不便だ。学校でやるようにはいかない。

第一時。修身。「国民皆兵」の読文、趣旨の訓話。

第二時。理科。テコ。各自実験して機能を知る。

第三時。国語。月光の曲読文、内容と感想発表。

第四時。体操。庭で徒手体操、跳躍、ゴム跳び。

宿題。風景画各自一枚。

九日十二日

学寮で授業。

第一時。国語。「月光の曲」の読文、内容を深くつかみ、場面を認識して、芸術的な心情を理解させる。かな遣いの注意。

第二時。理科。テコ。重さについての復習。二六キログラムの人が片方に乗ると、その重さが重力として測定できる。同じ重量が作用し平衡の現象が現れ、異なる場合は平衡がくずれることを知らせる。実験をして表を作る。計器の関係で匁を用い、あり合わせの錘を用い計算で結果をださせる。

第三時。各班別に各自実験する。

第四時。工作。水車の設計図を書かせる。

今日は朝から雨が降りつづいた。やむ気配は全くなかった。児童たちは比較的落ち着いて学習をしたが、僕は自分が考えていた授業とはひどくかけ離れて忸怩たる思いだった。それは従来の形式的な授業と異ならず、疎開にくるまえ前に考えていた理念もそれに沿った授業でもない。黒板はなく椅子もなく机は低く幅が狭い。教具も学用品もそろってはいない。宮部校の教具を借りても不慣れな環境だ。だがこれは最初から判っていたことだ。たとえ不完全な環境にあっても納得できる授業形態がある筈だ。だが何一つそうなっていない。国策によって児童を預かり集団疎開にきても、頭の中だけの教育理念はむなしいものだし、授業方法は何ひとつ形をなさない。授業へのむなしい意欲と熱意だけがからめぐりする。

午後一時すぎ、雨をおかして宮部校の三浦首席訓導と後藤訓導が見えた。昨日の通知を受けた歓迎会は変更かもしれないと思ったが、そうではなかった。

昨夜、M校の児童二名が学寮から脱走したというのだった。三浦先生の話によると、脱走児童は今日の十時近くになって焼津の駐在所で保護されていることが分かったが、それまでM校では誰一人脱走に気付かなかったという。話はそれだけではなかった。聖沢院でも二名の脱走者があり、駐在所に摑まっているという噂があるので、実情をお聞きし、歓迎会の延期を考えたいというのである。僕は驚いてそれは全く根拠のない噂で、そんな子供はここにはいませんといい、歓迎会には喜んで出席しますと応えた。三浦先生は、そうでしょう、そんな児童はいませんでしょう。じつは町役場では疎開の子供は町の子供として受入れているのだから、M校で脱走があったらすぐ役場に連絡してくれればよかった。そうすれば夜を明かさずとも保護できたものをといっているという。話し終わると両訓導はまた雨の中を帰っていった。

午後四時半宮部校へいった。下駄箱には僕の名前が添付してあり、職員室に案内されると席まで定められてある。さらに会場の裁縫室にいけば、酒や刺身など珍しい手料理のもてなしがあり、その招待ぶりは全く行届いていて恐縮するばかりだった。僕はこの学校の教師たちの普段の教育の姿勢が分かるように感じた。M校の教師は欠席だった。おそらく困惑し嘆いているのだろう。

僕は歓迎会で児童のために教室を貸してくださったうえ、わざわざ歓迎会を開いてくださったことへの謝意を丁寧に述べた。その後の懇談は、わが校の職員同様にざっくばらんに話しましょうという高野校長をはじめ、職員はみな打ち解けて談笑し教育的な意見や教師と児童の日常について話した。僕もそれに応えて忌憚のない意見や失敗談を話した。話が疎開児童におよぶと、M校の先生が欠席なのに話すのはどうかといいながら、聖沢院の児童はしっかりしている、本校の教師にたいして礼儀正しいし、授業も静粛で熱心に学習している。体操はきびきびして整列も行進もなかなか立派だという。これにくらべM校は挨拶はまちまちで規律もやや乱れているようだが、小寺先生はどんな指導をしているのかと尋ねた。僕は特別の指導はしていないが、集団生活の規律は厳しく、児童一人ひとりの性格は出来る限り把握するように努めていますというと、高野校長は疎開が終わったら君は本校に残って貰いたいと笑いながらいった。僕は教師たちの言葉は歓迎の世辞だとしても、M校と比較すれば褒められるだけの自負はあると思った。

歓迎会が終わり、午後七時半からの柳地区常会に出席するため農協にむかった。途中まで宮部校の三人の女教師と一緒だった。教師たちはこもごも聖沢院の子供はみなしっかりしているといった。都会の子供はちがうのねといい、いや引率の先生が立派なのよともいった。僕は内心少なからず舞い上がっていた。褒められるのはいいものだった。

農協の二階の会場で、僕は地域の皆さんのご協力とご好意で、児童はなんの支障もなく集団生活をおこなっています、これからも児童自身のためにも、皆さんのご期待を裏切らないためにも立派にやっていくつもりですと挨拶をした。噂とは恐ろしいもので早くもM校の脱走事件が話題にでた。僕は聖沢院にはそんな児童はいませんといった。人々はみな頷いた。

ところが、十時に常会が終了し学寮に帰ってみると、予想もしないことが起こっていた。それは十名以上の子供が帰京させてくれと寮母に懇願し、脅迫じみた言葉さえ吐いたというのだ。寮母は先生の留守中にそんなことをいうのはよくない。地域の人々の好意を裏切るのもよくない。あなたたちがいま勝手に帰ったらご両親は何というでしょう。よく帰ってきたと喜ぶでしょうか。寮母は翻意させるために熱心に説得し、やがて子供たちは納得したのだが、自分たちの名前は先生にいわないでくれといったという。寮母がほんとに反省するならいわないというと、子供はみな悪かったと謝ったというのだ。

僕は愕然とした。自分の教育的指導力が崩れたように思った。宮部校の歓迎会でも地区常会でも、うちの子供にはそんな子供はいませんといったのは、褒められて舞い上がり、自惚れていい気になった広言で、いまは恥辱にまみれた思った。いったい誰が帰京したいといい、誰が脅迫じみたことをいったのか。だが寮母は子供たちの行為を黙殺する約束をしている。寮母は僕の母なので温情をしめしたのだろうか。他人なら別の方法をとっただろうと思った。母を責める気持ちも子供の名前を詮索する気持ちもうすれ、こうなった理由を考えていた。

明日は地区の八幡神社の祭礼である。僕は子供たちを自由に祭りにゆかせてやり、小遣いを使う楽しみを持たせたいと思っていた。だがどこかに子供への不信が浮かび、それをやめさせようとする気持ちがあった。

初めての脱走者

九月十三日

八幡神社の例祭なので休日にした。午前十時全員を引率して参拝した。神社は十字路から左に曲がり広い道路を歩き、柳地区で最も大きな集落を左に見てさらにいった所にあった。参拝をすませ社殿をひとまわりした。庭と参道には急拵えの売店がならんでいて、掛け声や笛の音がすると子供たちは眼を輝かせた。

学寮に帰り、祭礼にちなんで昼食はすきなだけ食べさせた。驚いたことに子供たちは一人平均三合の飯を食べた。いつも十分に食べられないにしても、よく食べたものである。

午後一時、親から預かっていた小遣いを持たせ、夕食までに帰る約束をして自由行動をとらせた。僕は今まで祭りの時くらいは、くだらぬものを買っても文句をいいなさんな、こんな時の無駄遣いは必要だと父兄にいっていた。子供はみな祭りに出掛けた。走っていく者もあった。

ところが、約束の時間になっても帰らぬ者がいた。臼井静雄、内海健次、山南春男、米川秀次、佐田喜作の五人だった。夕食がすんでも帰らなかった。子供たちに聞くと神社では一緒にだったが何時のまにかいなくなったという。暫く待ったがやはり帰らなかった。やむなく農協にいき役場と宮部校に電話をし児童の行方不明をしらせた。農協ではオート三輪を走らせ探してくれた。焼津駅にいっても見当たらず、駅員に尋ねると何人か子供が乗車したが区別はつかず、東京までの切符を買った者はいないとのことだった。

しばらく待った。無論東京の本校からは何の連絡もこない。子供が脱走してからの時間を考えれば当然のことだった。午後七時半本校に電話した。二人の女教師がでた。男子教師の不足のために初めての宿直だった。説明しても要領のえない返事が返ってきた。

僕は学寮にいる子供たちを考えてみた。こんどの仲間の脱走はおそらく他の者に強い影響をあたえ、このまま放置すればさらに帰京する者がでるかもしれないと思った。そしてそれを防ぐには国鉄のO駅で五人を摑まえ、即刻連れ戻すのがもっとも良い方法だと思った。だが女教師たちは、ただ子供たちはきていませんと繰り返すだけだった。これでは方策も何もたてられない。やむなく菊池校長と五人の家庭に連絡をたのんで電話をきった。

地区の青年たちも焼津駅にいき、東京行きの切符を買った子供のいないことを確かめたといってきた。五人は途中まで切符を買いそのまま帰京したことは疑いなかった。

夕食後、子供たちに脱走の事情を聞いてみた。少しずつ分かってきた。神社で最初に脱走を誘ったのは米川だった。意外だった。普段無口だが分別があり、しっかりした考えをもっていた。その米川に誘われても誰も本気にはしなかった。昨日のことをぶり返しふざけていると思っていたが、何時のまにかいなくなったいうのだった。

僕の心に昨日と同じ苦い思いがよみがえった。宮部校と地区常会での自負と広言を思うと、恥ずかしく誰にも顔を合わせられない気持ちだった。だが何よりも子供の心理を摑めなかったことが悔しかった。

子供たちを就寝させても本校からは何の連絡もこなかった。やむなく農協にいき何回も電話をした。要領をえなかった。僕はそのまま農協の事務室にとどまり、東京からの連絡を待つことにした。

九月十四日

午前一時半、本校より五人が帰宅したとの電話があった。女教師は相変らずこちらの心配など少しも感じないのんびりした話しぶりだった。寺への帰り道秋気が流れて顔に冷たかった。朝七時再び農協にいき本校に電話をした。女教師がでて、明日広沢先生が児童を連れてそちらにいく旨、菊池校長がいっているといった。

定刻時に学寮での授業をやった。こんな時こそ授業はやらなければならない。第一時。算数。分数の計算問題。二〇題出題し、正しい回答の平均は73点だった。よく出来たというべきだろう。

第二時。地理。地図の記号と地図の見方について。学寮周辺の略図をかかせる。

第三時。音楽。和音の話。全紙半裁に音符を書いて説明する。

第四時。国語。第十課より第十四課までの漢字の考査。成績かんばしからず。

午後子供たちと脱走について話し合った。副島健太郎は米川のお母さんは甘いんだ、ほんとにあいつに甘ちゃんなんだといい、比留間次郎は俺だって帰りたいのを我慢していたのに、あいつらはなんだ、帰ってきたら殴ってやると息巻くと、みなそうだそうだといった。僕は先生もその通りで、憎くて張り倒したいくらいだが、殴るのはよせといった。しかし教師たちがよく子供を殴るのは可愛いから殴るといった言葉を思い出し、あれは偽善だ、憎らしい時は憎らしいから殴るのだと思った。

それにしてもホームシックの現れる時期だった。帰宅したい雰囲気はまちがいなくあった。逃げ帰りたいことを口走る者もいた。それを冗句と思ったり曖昧にしたりした取扱は手落ちだった。悔しかった。

九月十五日

登校授業。

第一時。音楽。「戦死者をまつる歌」、和音と発声練習、聴唱。

第二時。徒手体操。

第三時。算数。テコの実験に合わせての計算。

第四時。国語。「月光の曲」後半の精査と纏め。

学校の教師たちは僕と顔を合わせても、脱走児童のことは一言も触れなかった。皆心得ている教師だった。

夕刻、広沢訓導が脱走五人を連れてきた。奉仕会の役員もひとり同道していた。父の喪があけた新居六郎も一緒だった。五人は少しも悪びれた顔をせずケロリとしている。

僕は五人に説教をしなかった。今したところで何の甲斐もないと思った。広沢訓導の話によると、脱走の首謀者はやはり米川で、五人は熱海駅まで切符を買いあとは無賃乗車で帰った。ところがどこでどう情報を知ったのか、O駅には何人かの教師と親が迎えにきていて、まるで歓迎でもするように喜んだという。そして翌日は外食券食堂を営む山南春男の店で皆馳走にあずかったという。親は子供から疎開生活の苦しさを聞き、可愛さのあまりたくさん馳走を食べさせたようで、ほとんどの子供が腹を壊したともいう。

広沢訓導はさらにいった。子供たちは疎開の苦しさを誇張して親に告げたらしいが、これは脱走を正当化するためだろう。ところが今度の脱走で君の評判はひどく悪くなったといった。そこで僕は親が僕を非難するのは勝手だが、父兄会で余分の小遣いは持たせない学校の方針に賛同しながら、平気で違反した親こそ反省すべきだといった。すると広沢さんは、それは君のいう通りだろう。そして約束を破ったのは確かに間違った親心からだ。しかし余分の金を持たせたところで、使う店など全くない現地の事情を知らないからだ。それに君は八月に突然子供の担任になったので、父兄は君に馴染んでいない。きっとそのうち理解するよといい、最後に校長は脱走の五人が帰っても殴らないようにと僕に伝えてくれといったという。なぜ校長はそんなことをいったのか。誰かから僕が子供たちを殴ったとでも聞いたのだろうか。

九月十六日

広沢訓導は朝食後児童に訓話をし、寺の山門での別れ際に、僕に今日新しい首席訓導が赴任してくるといった。

広沢訓導が帰った後、児童たちに小遣い以外の余分の金を持っていた者は、提出するようにいった。五人が熱海駅まで切符が買えたのは内緒の金を持っていたからである。約七十円集まった。金は親が持たせたり、子供には知らせずに持ち物に入れたり、上衣のポケットに縫い込ませたりまちまちだった。提出させた金は菊池校長に送金し親に返して貰うことにした。何ともいやな事件だった。

午後激しく雨が降りだした。黒い雲が空を覆い寺の屋根に音をたてつづけ、やむ気配はなかった。今日は休むことにした。心身共に疲れた。実に。

九月十七日

雨。区長の篠崎さん、檀家総代の丹羽さん、白井さん来訪。設備のことについて相談する。依頼は次の通り。

一、電灯、昼間線の新設。（助役長へ）
二、桶、その他入れ物。（区長、白井氏へ）
三、屋内洗濯場の新設。（助役へ）
四、嘱託医は役場に連絡し了承をうること。

九月十八日

授業は軌道に乗ったように思う。教案により指導を進めた。児童も積極的に手をあげ、はきはきと答えるので心地よし。

宮部校高野校長、深見青年学校長、疎開M校毛利校長来訪。高野校長より郡教育会からの茶菓料をいただく。授業参観後、狭い職員室で脱走児童について話す。毛利校長は父兄の反省を強調した。

米川秀次の父より脱走の件について謝罪の手紙がきた。いままで放任し甘えさせていた結果の行為ゆえ、こんどの集団疎開を機会に厳しく指導してほしいとのことであった。僕は理解さえしてくれれば異論はないのである。

校長頼むにたらず

九月十九日

午前中授業。国語、算数、国史、図画。

午後一時より三時まで宮部校校庭における戦死者の町葬に児童全員参列。

九月二十日

学寮で授業。

第一時。国語。既習漢字の書き取りと考査。

第二時。習字。「港内汽船海上」姿勢と墨すり注意。

第三、四時。図画。寺の周辺における水彩による風景画の学習。水彩絵の具なき者二名。学校より持参の用具を使用させる。

午後一時より農協の見学。職員による業務と物資の説明を聞く。

三時、宮部町国民学校の平間、諸橋両訓導来訪。学寮の授業について説明し、宮部校の授業の状況を聞く。平間訓導によれば、近隣の疎開学寮の授業にはかなり格差があるとのこと。思えば小生の授業は決してよい形態をなしてはいないが、授業時数の多い分だけは優っているようだった。話は戦局におよんだ。わが日本軍の奮戦のかいもなく、南方諸島はつぎつぎに米軍に占領され、また同盟国のドイツも危機状態にあると聞く。こうした状況下にあって教師の出来ることといえば、児童の安全と授業の充実しかないとの結論に至ったのだった。

広沢訓導より手紙がきた。父兄は児童の通信によって、種々不満をいだいているという。これに対して菊池校長は父兄会の席上で、こちらの学寮生活の実情はほとんど説明せず、ひたすら先日の脱走事件について詫び、再びこれを繰り返さぬよう引率の教師に注意をするつもりだといったという。そして父兄に実情を説明するために僕に一度上京するようにとのことだった。

僕は手紙を読んで校長頼むにたらずと思った。文句もいいたくなった。そうではないか。この学寮の教師は僕一人だ。その僕が本校に帰ったらその間誰が児童を見るというのか。僕はやむなく寺を離れて出張することがあるが、残された児童のことを考えると、責任が空転する思いがする。僕の留守中何事かが起きたらどうなるのか。この解決には増員あるのみだが、増員も交替要員もない。寮母に後を頼むのがせいぜいである。大体学寮に教師一人というのが無理な話なのだ。

校長はもっとここの疎開生活や他の学寮の実態を知り、その実情をしっかりと父兄に話して貰いたい。僕はここの生活に特段厳しい規則を押しつけているわけではない。集団生活に必要な躾を教えそれを守らせているだけだ。食糧については決して十分とはいえないが、現在の国民全体の食糧不足の中にあって、特にひどい困窮状態だとは思えない。宮部町の役場も地域住民もみな協力的だ。

校長は現在の東京が空襲必至の情勢にせまられていることから、どうか父兄には児童の学寮生活の不自由や食糧不足、あるいは一時的なホームシックなどに左右されず、なぜ集団疎開が実施されたかを考え直すよう、大局的な立場から説得してもらいたいのだ。僕は自分のやり方がすべて満点だなどとは決して思っていない。また欠点について自己弁護をしようとは思わない。また自分自身のために都合よく過ごそうとも思っていない。
僕はふと八月末に退職した金沢首席訓導を思いだし、金沢さんなら菊池校長とはちがったことをいっただろうと思った。児童の就寝後、菊池校長に手紙を書いた。

九月二十一日
朝、地区区長の篠崎さんが新しい炊事員の大類ルイさんを連れてきてくれた。宮部町町長と助役に採用のことを了承してもらい、さらに町長から東京O区の学務課と菊池校長へも連絡してもらったという。何と行き届いたことか。どんなに感謝してもしきれない。
これで横田さんも大助かりだろうし、寮母も毎日炊事仕事に携わらなくてもよくなるだろう。寮母の仕事は大きくいえば寄宿舎の舎監のようでもあり、保育所の保母のような仕事をしなければならない。現にここにきてから布団の出し入れや配膳の方法を教えたり、洗濯を一緒にやり衣類の畳み方を教え、時には繕い物もやってきた。子供の登校後は部屋の掃除をし、また帰ってきて小さな切り傷があれば治療をし、時には子供を叱ることもあり、また町の医院へ何回も子供を連れていった。僕はいつしか学習以外は寮母に頼るようになっていた。

今日は午前中教案に基づいて授業をした。相変わらず国語、算数、国史、理科の基礎的教科が中心だが、理科だけは実験用具がないので思うようにいかない。午後は自由時間とし、各班毎にまとまって柳地区内の散策を許した。

秋の気配はすっかり落ち着いて、青々とした稲田もいまは黄色味をおびてきて、稲穂のうえを渡る風がさやかに見える。僕はここで今後の気象の変化と太陽の時間の推移を考慮して、次のように変更することにした。

★一日の生活・学習時間割り。

六時。起床、夜具片付け、清掃、洗面、冷水摩擦。

六時三〇分。点呼、朝礼、食事用意。

七時〜八時一〇分。朝食。後片付け。

八時三〇分〜九時一〇分……………第一時授業。

九時二〇分〜一〇時……………………第二時授業。

一〇時一〇分〜一〇時五〇分…………第三時授業。

一一時〜一一時四〇分…………………第四時授業。

一一時四五分。食事用意。

一二時〜一二時四〇分。昼食。昼休み。
一二時四〇分〜一時二〇分………第五時授業。
一時三〇分〜二時一〇分………第六時授業。
放課後五時三〇分まで。間食と自由時間。
五時三〇分。清掃、入浴（毎日ではない）。
六時一五分。食事用意。
六時三〇分。夕食。
七時〜八時。自習。
八時五分。就寝用意。乾布摩擦。点呼。
八時三〇分。消灯。
＊宮部校における授業は当校の時間割りによる。
＊休日は起床一時間遅れ。自習なし。
本日午前九時半、宮部校の首席訓導より明日、地方事務所長等が学寮の視察にくるとの連絡あり。

九月二十二日

午前十時半、地方事務所長、宮部町助役、学務課長、経済課長、宮部校高野校長視察にくる。一時限の授業参観後話し合いあり。各位それぞれ学寮の設備等について意見がでた。主なものは次の通り。

夜間屋内便所を使用するために増設したらどうか。また本堂の開放を考えたらどうか（所長）。

気候が寒くなれば当然そうするつもりである。本堂の開放を住職は希望していない。（寮長）

屋内便所の増設は難しい（助役）

飯の中に麦の混入が多すぎるようなので、今後考慮したい（経済課長）。

国民学校へ毎日通学したらどうか（学務課長）

学校側の時間調整がむずかしいだろうし、四キロの通学距離は児童にはやや困難であろう（寮長）

電灯は昼間線にしてもらいたい。現在夕刻からの点灯なので、雨天の際日中はかなり部屋が暗く、今後日没が早まる場合は点灯時間が遅過ぎると思う。ぜひ修正してほしい。また野菜五〇匁と味噌一二〇匁の配給は少ないので考慮してほしい。屋内の洗い場と学用品棚の新設を希望。（寮長）。

洗い場と学用品棚の新設は了承。（学務課長）
みなありがたい意見だった。

九月二十三日
秋季皇霊祭。授業休み。
午前十時。藤枝警察署長来訪。署長は本堂の開放について住職に折衝し承諾をえてくれた。また電灯の点灯時間について電力会社へ交渉してくれる由、また寒さにそなえ火鉢とコンロを持ってきてくれることになった。これまたありがたし。さらに先日の児童の学寮脱走事件について話し合った。署長は児童の生命安全保持のために国策として集団疎開を実施している最中、脱走する者は国賊であるといった。きつい言葉だった。僕は黙ってこれを聞き再び繰り返さぬよう厳しく注意するとしかいいようがなかった。

脱走未遂事件

九月二十四日

日曜日。昼食後、新居六郎が職員室にきて、山南春男、内海健次、臼井静雄、木山達哉、篠原寛の五人が逃げたと告げた。新居も一緒に逃げたのだが、農協の近くで腹痛を感じ帰ってきたという。

腹痛になるのはこっちだ。昨日脱走について警察署長と話し合ったばかりで、署長は脱走児童を国賊とまでいったではないか。僕は急いで寺を飛びだし、走りながら腹がたってきた。だがそれより一刻も早く五人を摑まえなくてはならない。農協で電話をかり宮部校に電話をして、子供を見たら留め置くように頼み農協の自転車で学校に走った。校門に日直の女教師が立っていて、子供の姿はまだ見えないという。僕はさらに焼津に通ずる道を力の限りペタルを踏んで二キロ走った。五人の姿はなかった。焼津への広い道路はここしかない、別の道を逃走するとは考えられなかった。それに時間からしてそう遠くにはいっていない筈だ。僕は引き返した。途中町の駐在所に立ち寄って児童の脱走を話し、発見したら摑まえてもらうように頼んだ。学校に戻ってしばらくすると、女教師に頼まれていた女の子が職員室の窓にかけよってきて、疎開の子供がやってくると告げた。急いで道路にでて見ると、確かにやってくるではないか。五人は僕の顔を見ると一斉に驚いた表情をした。子供たちを校舎に連れ込み、まず駐在所に子供がいた旨を連絡した。

五人を音楽室で殴った。抑えていた怒りが吹きだして一人ひとりを殴った。あれ程注意をし、多くの人にも迷惑をかけたと思うと憎らしかった。それに山南も内海も臼田もついこの前脱走したばかりではないか。

最早お説教をする気持ちにはならなかった。脱走の理由を聞いてみた。まず木山と篠原の二人はあまりにも早い待ち伏せに驚いたという。最初に脱走を誘ったのは臼井だった。臼井は先日脱走した際家でご馳走になり、東京では食べ物が余るほどあるといって誘い、それに乗った山南は俺の家は食堂で外食券が余っているから、いくらでも食わしてやるといった。たちまち内海と新居を含めた六人は頭をよせて計画を立てた。他にも誘いかけたが拒まれたという。乗車賃はどうしたと尋ねると、少ししか持っていないが、焼津の隣駅まで買いあとは無賃乗車でなんとかなると思ったという。

学寮に帰ってくどくどと説教をした。そして最後に寺の生活で嫌なことは何だと尋ねると山南は、先生は怖いといった。普段問題ばかり起こしている山南、如何にせしや。

九月二十五日

今日は昨日のことがあって嫌な気持ちが強く、登校はやめて学寮で授業をすることにして、この旨を高野校長に登校中止の理由と気持ちを率直に書き、藤枝警察署長視察の様子も書き加え、さらに学習時間表を同封し、横田さんに持っていって貰った。

時間表は次の通り。

月	修身	国語	☆	音楽	地理	体操
火	算数	国史	国語	国語	武道	図工
水	国語	算数	習字	☆	体操	理科
木	修身	算数	国語	国史	図工	図工
金	国語	算数	☆	音楽	地理	武道
土	国語	算数	理科	体操		

☆印は登校時間とし以後の教科は宮部校での授業。

本日、腸が弱く帰京していた田口富三郎の父の希望により、異動申告書を学校気付けにて送付する。これで田口の復帰はなくなった。

九月二十六日

★雑感。

＊疲れる。単に肉体的理由だけではない。一昨日の脱走未遂事件の影響あるなり。国策のための疎開とはいっても、警察署長が脱走児童を国賊といったのは参ってしまった。国のためという思いが一層きつく感じられる。

＊子供の外傷多し。特に虫刺されが多く寮母の手当てしきり。田舎の生活にあって都会育ちは弱いのか、それとも必要以上に面倒を見過ぎるのか。田舎の子供は少し位の傷はなめたり、草や土をこすりつけて治すというが。

＊逃亡を計った子供は平然としている。これでいいのか。憎むまい、恨むまい。

＊朝食後、寺の後方の小道をたどってみた。山裾に沿って小川が流れ遙か向こうにたった三軒だけの民家がある。何やら昔行った温泉地を思いだし郷愁さえ覚えた。脱走した子供たちも恐らく強い郷愁に誘われての逃走だろう。そう思うとつくづく不憫に思う。

＊国語教科書の文章の暗誦は徹底させる必要がある。文章を読むにも書くにも大いに良い影響があるのだ。

＊先日の算数の考査（テコに関しての計算）よろしからず。これでこの課題の三日間の授業の結果

は零であることを知った。これは教案の不備かそれとも児童の集中力不足のためか。
＊夕食後一時間の自習は熱心にやっていた。
＊本日本校より送付してきた文部省の通達によれば、疎開での学習は正規の授業時間数に足らなくてもいいとあるが、これでいよいよ疎開校と非疎開校との学力の差は大きくなるだろう。また同文中、疎開児童の行動は五人一組が適切とあるが、これは各疎開地の児童脱走の実情をふまえての通達だろうが、これで脱走防止に役立つとは思えない。五人組でも逃げようとすれば幾らでも逃げられるのだ。こんなことにも気づかず、得々と五人組を推奨している。これはまったく文部省の役人の机上の空論でしかない。疎開学童は地方住民との交渉が少なく、環境にもとけこめずにいる実情を彼等はどう考えているのか。さらに会計主任訓導は何々の帳簿を備えよ、一週一回児童の検診をさせよとあるが、現実をよく見よといいたくなる。
＊要は全力を尽くすしかない。愚痴をいっても何も生まれない。

九月二十七日

寮長会。午後一時半より焼津町清涼寺。ここは四年女疎開、寮長野田訓導。一泊の出張なので寮母、級長、各班長および全児童に正しい生活をするように話し、加えて作業員にも宜しく頼む。

宮部校の高野校長に本日登校できぬ旨電話連絡。その際に明日藤枝国民学校で志太郡国民学校長会が開かれるので、出席するようにとの話があった。これでいよいよまる二日間学寮を留守にすることになる。あとは子供たちを信頼するしかない。

柳地区区長の篠崎さんの家にいき、地図を書いてもらって自転車を借り、荷台に米と茶とジャガイモをくくりつけ、午後〇時三〇分に出発した。清涼寺までは約十二キロで三十分以上はかかるらしい。焼津町の町外れをかすめさらに南に走った。暑かった。疲れたうえ左胸の下が痛くなった。清涼寺では授業中なので近くの中川国民学校にいった。菊池校長と坂井、西川両訓導がきていた。

学寮にいくと子供たちは潑剌として元気だった。そして女の子だけあって静かで野田訓導の話をよく聞いている。学寮の人達も親切でまるで家族のような雰囲気を持っていた。児童の入浴の様子を見ると、順序よく静かにはいっていた。野田さんの話によるとここでは自由時間は設けていないという。夕食はほぼ聖沢院と同じだった。米に麦を混ぜた飯、大根味噌汁、昆布佃煮、大根漬けだった。間食はジャガイモで、主食は日によってまれにカレーライスにすることもあるといい、副食物はわかめ味噌汁、カブ塩漬け、人参煮込み、さつまいも、煮干しなど変化をつけて食べさせているという。午後三時より寮長会。こまごまとした連絡事項が多かった。

★金銭出納。

奉仕会より学寮施設費用四〇〇円受領。（受領書はO区長よりの用紙使用）。この費用より今までの施設費、付属品費、雑費六二円三七銭を支払う。受取書菊池校長保管。奉仕会よりの宿直費二円受領。先日の脱走事件の際世話になった人への心付け三〇円を菊池校長の支払として受領。これらすべて出納簿に記載する。

★視察および面会について。

区議会議員五名。奉仕会役員二名十月一日に来訪予定。（都の方針は面会日は一日より開始となっている）

★父兄面会。

各学校により異なるも回数は統一的であること。汽車の乗車券は校長の証明書があれば優先的に購入できる。宿泊は一泊、寺の本堂で。家具は民家より拝借したもの。（宿泊料三円。うち二円は寺へ、一円は賄い料）。作業員への心付けは各人なさざること。必要あらばまとめて渡す。

★手紙・小包について。

父兄および子供の手紙は検閲する。内容によっては子供の精神的動揺を与えるおそれがあるためであり、また子供宛ての小包は直送しないよう父兄に伝達のこと。

★小遣い等について。

父兄より一口一円とし一人につき八口まで集金を奉仕会で決定したとのこと。拠金の内訳。二円子供の小遣い、おやつ代三円。慰労費一五円。（職員、寮母、作業員）。受領書必要。物資集め謝礼用。国防婦人会お礼、機密費として使用。

★学寮別連絡員を決める。

★今後応援の教職員はなし。

★火鉢は東京より送付されず、藤枝警察署長に依頼（署長諒解）。

★子供には余分の小遣いを絶対に持たせぬよう、父兄に徹底させること。

★父兄が面会にこられない子供への対策。

★その他。

清涼寺の本堂内の一部屋に宿泊。

九月二十八日

清涼寺の朝は気持ちがよかった。周囲に山はなく遙か向こうには海がある筈である。山の麓で稲田にかこまれている聖沢院も悪くはないが、ここは一層さわやかだった。児童は朝礼も朝食も静粛で、野田訓導の躾がよく行き届いていると思った。午前九時中川校の島津校長、野田訓導と共に弁当持参で藤枝町国民学校に向かった。借りた自転車は作業員が農協へ持っていってくれるという。ありがたいことだった。

志太郡国民学校校長会。藤枝校講堂にて午前十一時三十五分より開催。疎開訓導列席。

開催次第次の通り。

地方事務所長挨拶。

学務課長の学童疎開についての状況説明。

町村一七箇所。学校一六校。児童二二五七名。教員五四名。寮母九九名。作業員七六名。縁故疎開児童一六七二名。

指示事項。伊勢皇大神宮大麻（神符）をまつる件。大麻は疎開学寮に送るが奉斎場所については寺の住職と相談の必要がある。宗教的施設を利用する場合、宗教心を培うのはいいがゆき過ぎぬように注意のこと。

学童の教育と保険衛生について別紙配布あり。

校長会終了後、町にでて文房具を買いバスで焼津にいたり帰寮は午後五時だった。子供たちは特段の問題も起こさず神妙な一日だったという。

六時半より農協で柳地区警防団と在郷軍人分会主催の映画会があり、子供たちを引率して見にいった。ところが映写技師がこないので僕が映写機を操作した。変な映画会である。

九月二十九日

昨日やってきた菊池校長は朝食をすませると、五年男女の疎開先である藤枝町の泉竜寺へ出発。途中、宮部町役場に寄って学寮設備費を収入役に精算するという。今日は登校日だったが児童は気分がのらぬ様子。じつは僕が心身ともに疲労しているのでその影響かもしれなかった。帰寮してみると檀家総代の丹羽さんと白井さんが、洗面所を広げるための大工仕事をしていた。いつもながらありがたいことだ。

夕食後昨夜の映画の残りを見せるため、子供たちを農協へ。ただし僕は非常に疲労しているので寮母と作業員の大類さんに引率を頼む。

九月三十日

奉仕会役員が来訪した際、父兄面会時に守ってもらう次の事項を伝え、役員帰京後父兄に徹底してもらうよう依頼することにした。

＊金銭は絶対に子供に与えぬこと。

＊物品や食糧を自分の子供だけに直接与えぬこと。
＊父兄が面会にこぬ子供のことを配慮した行動をとってもらいたい。
＊宿泊料一人三円（二円は寺へ、一円は賄い料）徴収。
＊職員への心付けは一切受け付けない。個人的に作業員へもやらない。もしやるなら纏めてやる。
＊つぎ布、糸、石鹸など持参されればありがたい。
本日でようやく疎開一か月も終りだ。

糸のもつれ

新聞の疎開批判

十月一日

日曜日。予定していた区議会議員の来訪はなかった。地域の方々の協力によって外の洗面所の屋根が完成した。

十月二日

第一時修身、第二時国語、第三時に登校して第四時に地理の学習をしたが、四キロ近い距離の登校直後の授業はやはり無理で、今後この時間は遊ばせるのがよいと思う。しかし宮部校では授業中なのだから、校庭で勝手に遊ばせる訳にはいかない。工夫する必要がある。午後は音楽、体操。放課後、教務主任と教室の使用について相談をし、一週一回は第一時にあたる時間に登校し、以後の授業をするよう時間の調整をしてもらった。ありがたい協力だった。

昨日寺の階段で転んだ際に打った左胸が痛むので、町の医師に診察を受けたところ、筋をちがえたとのこと。医師は注射をうった。寺に帰ると奉仕会の役員が予定通りきていると思ったがきていなかった。

十月三日

新聞に掲載の「学童集団疎開の賄費問題」を読んでみた。次の通りである。

「学童集団疎開の賄費は二十円から二十三円乃至二十五円に引上げられたが、これで果たしてやって行けるか。贅沢をさせたいという一部教職員や父兄の我侭に対しては即刻反省を求めなければならないが、好意をもって受け入れる地方の人々や熱意をもった教職員の側から、これでは集団疎開は永続きしない、という訴えがあるのは、当局が真の実情を摑んでいないからではないか」

とある。さらにつづいて、

「それに食費は増額されたが雑費、医療費はそのまま据え置きにされているが、この雑費、医療費が馬鹿にならない。東京都の予算は学童一人当たり年二十円となっているから、月にすれば一円六十銭弱となるが、事実は雑費、医療費が相当に足を出し食糧に食い込んでいるところが相当ある」

とあり、また賄費を二十円にしたのは東京都民の公定価格費用総計二十円というところから決めたのだろうとし、それによって学童一人当たりの賄費を計算している。

たとえば食事、米三円九十一銭、味噌、醤油五十四銭、油八銭、野菜三円等々。雑費。薪一円八十銭、下駄二十銭とし、バス代、医師迎え費用、ペン、クリップ、電球、タワシ、心付け、謝礼、交通費等々があると述べ、これではかなりの赤字がでるとしている。

わが学寮の賄費はどうなっているか。出費は出納簿に記入しているが、子供一人当たりの計算はしていない。思えばこの先がいささか不安になる。出費は食費のほかにもかなり掛かるのだ。

十月四日

宮部校で授業をすませて帰ってくると、東京O区の区議会議員二名が来訪していた。子供たちの昼食の様子を見た議員が「食糧はたりているか」と質問したが、足りる筈はないではないか。学寮の生活の状況を説明し、生活経費について話すと、前渡し金の精算の際に機密費を捻出したらどうかと議員はいう。そんなことが出来る訳はなく、これについて触れなかった。午後二時議員帰る。

本日前渡し金精算。柳地区区長の篠崎さんを通して国防婦人会へ五〇円、女子青年団へ二〇円の謝礼をだす。婦人会も青年団も日誌には書いてはいないが、目に見えない好意と親切をよせている。少々の謝礼では済まぬのである。

今日の新聞に学童疎開についての投書がのっていた。

「父兄が子供に面会するのは名目で、実は買い出しを目的にしている者がいるようだ。また他人の子はどうでもよいから、自分の子供の面倒を見てくれと、旅館の女中に金銭をやる者がいる。親心として分からぬではないが、こんなことはきっぱりと処置すべきである。さらに子供が逃げ帰るとか。子供が父兄に訴えることが正直とは限らない。私は三十年の幼稚園教育の経験から、親の誘導によって子供は平気で嘘をつくものである。自分の利益を守るために、嘘を語るつもりはなくても、親の心に迎合して嘘をつく。父兄はこの点注意すべきである。」

また別の囲み欄には次のようにあった。

「その後の学童疎開がどうなったのか、現地報告にもいろいろあって、心配するものはないという楽観的なものから、その反対の悲観的なものとある。戦争のための疎開である。そんなに万事ゆたかな疎開がある筈はない。中には一断面をとらえて全般を律するきらいがある。

（中略）児童が父兄に出す手紙が一々受持ち教師の検閲をうけていることは、何を物語るものか。いわんや教師の検閲の目をくぐって、父兄へ訴える手紙を出す者があるに至っては、考えざるをえなくなる。検閲制度が事態の真相を掩っているとすれば、何とかせずばなるまい。

土地によっては疎開生活が児童にとって、耐え難いものであれば何としても改善する必要がある。あるいはもっともっと疎開精神を強調して、児童に忍従を求める余裕があるというものもあるであろう。いずれにせよ、手紙の検閲制度のこと如きは、児童の純真さを奪う惧れ甚大と思うが如何。」

手紙の検閲については疎開出発前に寮長会で決め、また九月二十七日の清涼寺の寮長会でも確認し合ったが、新聞で批判されるのをみると、疎開の各地でおこなわれていると考えてよい。手紙の検閲はいいことではない、できればしない方がいいに決まっている。しかし子供の手紙の誇張した内容や子供どうしの個人的な中傷などによって、父兄に誤解や動揺が生じ、このために疎開生活に支障が起きるようでは困るのだ。したがって検閲は好んでやる訳ではなく悪影響を防ぐためのものである。

現実に各地では様々な問題が起こっている。実情を見ないで一般論的な見方で云々しない方がいい。僕は新聞社に反論の投書をだした。

十月五日

朝登校の支度をしていると、山南春男、内海健次、臼井静雄、木山達哉、篠原寛、浅見善吉、小塚恭司、山部和彦の八名がやってきて、僕たち東京へ帰りたいんですといってきた。見れば山南、内海、臼井は九月十三日に脱走して東京に帰り、さらにこの三名は木山、篠原と共に九月二十四日に脱走をはかり、途中から連れ戻された者で、これで三度目だ。

これではまた説教をした所で無駄だし、教育者として敗北かもしれない。この前僕は脱走した山南たちを途中で摑まえて連れ戻した時、なぜ逃げたのかと殴り、そんなに帰りたいのなら申しでればいいではないか、といった覚えがある。それで今度は申しでてきたのだ。子供たちは本校にいたときは、ひどいヤンチャ坊主もいただろうが、みんないい子だといわれてきた筈だ。それがどうしてこうなるのか。僕の担任期間が短く互いに気心が通じていなかったというのか、僕の言葉が厳し過ぎるというのか。それとも前の担任が放任主義だったからか、恵まれた家庭生活で甘やかされていたからか。それぞれみな当てはまりそうだが、意思の弱さは認めざるをえない。

僕は子供たちの言葉を聞いた後、とにかく登校が遅れてはならないので出発することにした。学校では予定の授業はおこない、子供たちは真面目にやり、大きな声で一緒に歌をうたい、ドッジボールをして遊んだ。

夕食後、子供たちを車座にして話しあった。ここの生活で嫌なことがあるなら、何でもいってみなさい、と尋ねると、何人かがすべて嫌ではないが、集団生活は縛られているようで嫌なのだという。では、これからみんな一緒に帰京するかといえば、それは出来ないという。ただ山南と内海だけは先生がこわいという。何がこわいのかと聞けば、何とはいえないがこわいのだという。そこで、そういうお前たちはいつも我儘すぎるじゃないか、ほかの者は我慢しているのに、なぜお前にそれができないのかといったが、何が我儘なのかわからないという顔をした。要は集団生活を嫌っているのだった。何とも仕方なし。

菊池校長より手紙がきた。読んで見ると、児童が親に送った手紙から、九月二十四日の第一回目に児童の脱走後、僕がひどく殴ったことと、普段の言葉遣いが厳しす過ぎることが、父兄のあいだにひろがり、奉仕会会長も副会長も問題にしたのだという。そこで校長は父兄会を開き、児童を殴ることは法規違反で厳重に訓戒すると答弁したとある。そして僕に対する要求は絶対に児童を殴らぬこと、教育的とはいっても厳し過ぎる指導はしないこと。今後の状況を校長に報告する際は、葉書では内容が外部にもれる虞れがあるので必ず封書にすること、最後に校長の立場も考えて欲しいと書いてあった。

僕は校長の手紙を読んだ夜に、子供たちを集めて、家で親に殴られた者がいるかと尋ねると、殴られた者は三八名で、殴られなかった者はわずか三名だった。みな何かの理由で殴られている。これで分かるのは、親は自分で子供を殴っても問題にせず、僕が殴ると厳しく非難する。これは自家撞着ではないか。親は教育者ではないから殴っていいが、教師は殴っていけない。しかし殴ること自体に違いはない。

僕は軍人ではないから、殴ることを教育の手段だなどとは考えてはいない。しかし殴る行為によってこちらの感情が相手に強く伝わることはありうると思っている。何度説教をしても分からぬ時、殴ることで事のよしあしを自覚させることはありうると思っている。いや、殴る前にそんな理屈を考えてはいない。何度いったら分かるんだと憎しみの感情がわいてくる。そして殴る。これは方法を見失った教師の敗北かもしれない。だが、これによって自分の思いが相手に伝わることはあると思っている。そしてその結果がどうなるかはその後の相互の問題だ。親は自分が子供を殴る時、あるいは殴った時、どう考えているのか。聞きたいものだ。

もう一ついう。弁解と聞くならそう聞いてもらってもいい。事実をいうだけである。父兄は父兄会で僕が子供たちに余分な金をもたせないことの理由を話した時、質問も異論もださずに納得した筈だった。しかし、実際は余分の金をひそかに持たせている。衣服に金を縫いつけていた親もいた。

さらに校長に一言。僕の言葉が厳し過ぎるというが、僕は授業中努力した者は褒めたり激励したり、休み時間や生活の中では児童に冗談をいって笑わせたり、一緒に遊んだり、歌をうたうことはいくらでもある。しかし一日の生活の中で厳しくいわなければならないことは、しばしば起こる。そんな時は厳しい言葉で注意する。校長は僕より長年の経験がある。児童と教師のやり取りの状況を十分知っているはずだ。ところが親の言葉だけに引きずられている。これでは校長頼むにたらずと思っても当然ではないか。なぜ不確かな父兄の言葉に対して説得の努力をしないのか。校長は手紙に自分の立場を考えてくれと書いている。煎じ詰めればそういうことなのか。僕は自分の考えを書いて校長に手紙をだした。

ゆれる映画会の開催

十月六日

正午東京O区の在郷軍人分会長の矢野氏が来訪し、今夜映画会を開いてくれるという。あまり突然なので一人で判断する訳にもいかず、早速柳地区の在郷軍人分会長の新羽氏に連絡し、一緒に農協で相談することにした。話はすぐに決まり、映写機を焼津駅までオート三輪車で取りにいき、映写技師もきてもらった。

午後七時より農協で映画会。僕は癰《よう》ができた足で農協への往復をしたために歩けなくなり、寮母に児童を引率してもらった。映画はマンガあり短編の物語ありで、帰京したいといっていた子供たちもご機嫌で帰ってきた。

映画会の終了後、映写技師は宮部町に泊まるらしく、矢野氏は聖沢院に宿泊することになった。食事その他は地区の在郷軍人分会で世話をしてくれるという。僕は矢野氏に疎開生活の状況を説明した。矢野氏は僕が授業をやり、米と野菜不足のことや出費を心配し、土地の人々との交際もあって大変でしょうという。僕は国策に沿った仕事だからやり抜くつもりだと応えた。子供の脱走や父兄の不満については話さなかった。話しても理解できそうもないと思ったし、愚痴めいたことはいいたくなかった。

十月七日

雨。登校をやめることにして、農協で電話を借りて学校に連絡をした。教室を拝借しているのに心苦しかった。児童全員の傘がないうえ、僕は足の癰に薬をぬり、あるだけの包帯をみな使って患部を巻き、歩行困難になっている。口惜しかった。子供たちの中にいやに元気で生意気なことをいう者がでた。僕がのろのろして動作が鈍くなっているためかもしれない。

本日、小関昭一の住所を東京のO区に戻すため正式の書類を宮部町役場に提出した。小関はもうここに戻ってくることはあるまい。

矢野氏は今夜予定した映画会のために、潮田地区に出掛けていった。潮田は初めて聞く地名だが、東京のK区のT国民学校が疎開しているという。なぜ矢野氏が他区のために出掛けるのかわからなかった。

午後四時、在郷軍人分会長の新羽氏が来訪し、今夕も農協で映画をやってくれるという。これは巡回先の潮田で予定が急に変更になったため、矢野氏は映写技師と映写機を持って農協に引き返してきたという。どうも連絡が不十分のようだった。

六時半雨がやんでいるあいだをぬって農協に出掛けた。ところが、上映しないうちに大雨になり、停電してしまった。しばらく待ったが電気はこなかった。やむなく雨の小止みを待って子供たちを帰した。みな駆け足で帰ったが、僕は足を引きずって歩いた。寺の中は真っ暗でローソクを点けないと動きがとれない。夜中に便所にいく子供のために、何度も起きてローソクを点けてやるが、ローソクの残量は少なくまことに心細い。矢野氏はまた一晩寺に泊まることになった。

十月八日

日曜日。映画会の開催は変にもつれ合った。早朝、柳地区の藤田氏と伊沢氏が来訪し、国防婦人会と女子青年団では、昨夜映画会はやれなかったが、このまま他へ巡回したり、東京へ帰ってしまうのは困る。ぜひ今夜やってくれといっているという。子供と一緒に見たいのだという。婦人会も女子青年団も今まで疎開児童のために、食糧や野菜を工面しただけではなく、いろいろ細かい援助をしてきた。またこんど東京からやってきた在郷軍人分会の人には、米を提供し煮炊きもしてやった。それなのに停電になったからといって、このまま帰るのは冷た過ぎると、憤激しているというのだ。

矢野氏はすっかり困惑して、口ごもりながら応えた。自分は十日には帰京する予定で、映写機の借用と映写技師出張の契約でやってきた。六日は柳地区、七日は潮田地区、ところが潮田は予定変更し、八日に上映してくれというので、そちらにいかねばならぬ。そして九日は藤枝にいき十日には帰京したいというのだった。ここでの一日延期は、東京の自分の仕事を休むことにもなり大変困るという。

話は進まなかったが、藤田氏が何とか婦人会をなだめることになり、矢野氏はやむなく十日に農協で映画会をやることになり、今夜は潮田にいくことになった。ところがそこへ農協の職員がやってきた。職員は十日のことを聞くと、国防婦人会は十日に藤枝で静岡聯隊から将校がきて査閲がある予定で、映画は見られない筈だといった。やはり潮田はやめにして、今夜ここでやったらどうかといい、いま映画会のことで平尾氏が農協にきているという。僕はこの地区の人間関係がどうなっているのか、わからなくなった。映画会のことなら地区在郷軍人分会長の新羽氏がくる筈なのに、藤田、伊沢氏がきた。そこへこんどは平尾氏がきているという。僕は平尾氏とはいままで会ったことはなかった。どんな人かも分からなかった。

僕は矢野、藤田、伊沢氏、農協職員と連れ立って農協にいった。そこには新羽氏がきていた。平尾氏は怒っていた。潮田から映写機を取りにくるといっておきながら、まだ取りにこないじゃないか。それに急に予定を変更して勝手すぎる。それにうちで活動写真ができないというんじゃ、わしはもう協力せんぜという。東京の分会長の食糧だってみんなが米を減らして工面したんだ。寺の子供にしても今まで時々ご馳走して、他の疎開の子供と違い食いたい放題のことは何度もあった筈だ。もしわしたちのいうことが聞けないのなら、これから寺の子供たちの面倒は見てやれん、という。職員の話によると平尾氏は新羽氏の前の分会長で、怒らせると始末が悪いということだった。

潮田からリヤカーで映写機を取りにきた。現分会長の新羽氏はかまわず映写機を使いの者に持たせて、十日には戻して貰って映画をやりますからというと、使いの者と一緒に部屋からでていった。僕は平尾氏に映画会は学寮の主催ではなく、上映するかしないかは学寮が決めている訳ではないといった。平尾氏は黙っていたが、いいたいだけのことをいうと気がすんだのか、煙草の煙を残して帰っていった。藤田氏は婦人会は女だからぐじぐじいうし、村民をなだめるのは大変だといった。僕は村民は皆いい人が多いと思うが、昔からの集落の中での入り組んだ関係があって、難しさも生じ、分からず屋もいるのだろうと思った。それにしても、いままでの婦人会や村民の学童疎開への好意が、恩着せがましい言葉に反転して返ってくるとは思わなかった。だがこれはこの地域のことだけではない。東京の父兄の中にもそれはいる。僕がよかれと考えてやることも、そのまま真っ直ぐ受け入れられないことはいくらでもあるのだ。

矢野さんは農協にきてから終始黙っていた。疎開児童のためを思って意気込んで東京からやってきたのだろうが、難しい村民の人間関係の糸のもつれに驚いたのだろう。

未投函の密告状

子供たちは宮部校での授業は落ち着いてやったし、休み時間に元気よく飛び回っていた。安心する。

十月九日

午後三時寺に帰ると、都の志水主事の来訪があった。都の長官の代理として訓示を持参し、併せて教職員の慰問と児童の視察が目的だという。学寮の生活状態を説明した。困ることはとの質問に、調味料、縫糸、石鹸が必要と応えると、主事は一つひとつ手帳に記入された。

主事は父兄の中には疎開形態を壊す者がいて困るといった。面会にきた父兄が児童を連れ帰るというので、空襲必至の情勢だからやめて貰いたいと教師がいえば、父兄はそんなことをいう権利が教師にあるのかといい、とうとう連れ帰った例があるという。これは子供が親に送った手紙が原因で、親の疑心暗鬼がふくれあがった結果で、この精神状態は防ぎようもないと慨嘆した。そしてこうならぬためには実態を父兄に知らせて理解させるより方法はないともいった。

都の長官の訓示には教育は国防の第一線であるとあった。僕はこのところ四面楚歌という感じで、校長と父兄に悩まされてきたが、負けずに奮いたたなければならぬと思った。知る人ぞ知るである。

志水主事と入れ替わりに、東京から奉仕会の正副会長がやってきた。僕に対する最近の悪評を聞くと、原因は実にたわいなくまたチグハグなところがあるが、ここに細々と書く気はない。

奉仕会より宮部町の駐在巡査に蜜柑一箱の謝礼をすることになった。会長よりオヤツ代を受け取ったが、児童全員分にはたりなかった。話が他の疎開校にうつった時、会長から開善寺に疎開しているM校では、脱走防止のために一か月に二日だけ家庭に帰すことにしたというが、ここではどうするかと聞かれ、僕はそれは菊池校長が決めることだと応えた。

夜、在郷軍人分会の正副会長が来訪し、映画の上映は予定が混乱したため十日は中止したといった。新羽氏は潮田地区にも国防婦人会と女子青年団にも話をつけて収拾し、婦人会は女ゆえいろいろいったかもしれぬが、今後先生には迷惑はかけないつもりだといった。

十月十日

学寮で授業。算数、国史、国語、武道（竹刀の素振り）、図工。

北沢広司の母と黒沢信一の母が面会にきた。土産に蜜柑を児童全員に三個ずつくれた。北沢は母にもういいから早く帰れという。面会にこない級友に気を使っているのがあわれだった。

十月十一日

藤沢警察署経済課長が川本巡査と共に視察にみえ、味噌と醬油を届けてくれた。警察よりの寄付というのでありがたく頂戴した。最近の子供の様子を一通り説明するとすぐ帰っていった。二人とも国民学校に通う子供がいるのだそうだ。

小池誠の母、楠田健一郎の父、漆原昭平の父が面会にきた。本校より委託された鮭の缶詰とラッキョウの瓶詰を運んできてくれた。全部で十七個あったから随分重かっただろうと思う。

楠田の父は僕が脱走した子供を殴ったことが、父兄会で問題になったことを話した。その元は最初東京に逃げ帰ったとき子供がいいふらしたためだといった。僕はそれは事実と違うので説明をした。

子供たちが初めて脱走した後、広沢訓導に連れられて学寮に帰ったとき、僕は殴らなかった。殴ったのは二回目の脱走を計った時だというと、楠田の父はそれではあの時は子供たちは嘘をいった訳ですね。噂は余程確かめないといけないといった。しかし二回目の脱走で途中から連れ戻した時に殴ったことは事実だから、この非難から逃げるつもりはないと話した。それにしても父兄会で僕を激しく非難したという佐田の母と臼井の父は、その時点では子供の虚言によって怒り、またそれを聞いて問題にした奉仕会の会長と副会長は、軽率といってもいいだろう。

楠田の父は東京に帰る間際に、子供たちには勉強よりものびのびした生活をさせてほしいといった。やはり父は疎開についての理解が浅いようだ。ここは非常時にやむをえず取った集団疎開である。だからといって学習をなおざりにしていい理由はない。すくなくとも基本的な教科の学習は、出来る限りやらねばならない。それに集団生活は子供の自立と自覚を涵養するにはいい機会ではないか。そう考えなくては異相の環境での生活は、間尺にあわないではないか。

十月十二日

宮部校での授業が終わった後、久しぶりに高野校長と話ができた。僕が子供を殴った話をすると、校長はそうしなければならない時はあるといい、また今は家庭生活の中だけの子供ではなく、子供をどのような国民に育てなければならないかが大切で、平和時の観念や個人的過ぎる従来の教育観は転換しなければならないのではないかといった。

夕食後、子供たちが自由に歓談した後、棚の布団の整理をさせた時、布団の下から思わぬ手紙がでてきた。二通あって、いずれも山南春男が母と校長に宛てたものだった。四日の日付になっていた。手紙には次のように書いてあった。先ず母宛に、先生はしょっちゅう殴るので我慢ができない。だから僕は先生のすきをついて必ず家に帰るとあり、校長宛には、先生はみんなをよく殴るくせに、夜遅くこっそり柿を食ったり汁粉を飲んだりしている。町の人がくるといつもお世辞がいい。だからとてもいい先生だといわれている。町の学校から寺に帰ってきても、おやつはなく腹はぺこぺこ。ぜひ別の先生にかえてください。疎開児童一同より、とあった。

僕は山南一人を職員室によび、疎開児童一同とあるが、これはみんなの考えなのかと尋ねた。山南はすぐには答えなかったが、しばらくすると自分だけの考えで書いた。こう書けば校長先生は本気にすると思ったという。なぜ投函しなかったというと、黙って応えない。投函したいのならしてもいいというと、山南は首を横にふった。また先生は君たちをしょっちゅう殴っているかと訊くと、そんことない、そう書けば校長先生に効き目があると思ったといった。僕は何を書いてもいいが嘘だけは書くなといった。山南は黙ってうなずき自分の部屋に戻った。

十月十三日

この土地には月遅れの十三夜に栗を茹でて食う風習がある。学寮でもおやつに栗を茹で、サツマイモとサトイモを蒸した。サトイモは皮のままのきぬかつぎが珍しかった。どれも子供たちは競って食べ、やや食べ過ぎたきらいがあった。

佐藤洋治の母が面会にきていて、栗の皮の剝き方を教えたり、サツマイモを切ったりしてくれた。そして子供たちの食いっぷりを見て安心したようだった。

十月十四日

朝気温十二度。寒さを感ずる。子供たちに火鉢がほしい。以前藤枝警察署長は火鉢を持ってくるといっていたが、取り止めたのだろうか。秋山純の父が面会にきたが十分もいないで帰ってしまった。別の急用でもあったのか、あっけない面会だった。

民家への分宿

十月十五日

日曜日。本校の四年女子が疎開している焼津の清涼寺まで行軍を実施した。弁当は大きめの握り飯にサツマイモを加えた。また各人蜜柑を二十個持たせ、内十五個は四年生への土産とし、あとの五個は自分の物とした。この蜜柑は農協より購入したものと地区の有志からの寄付である。三十名参加。体の調子の悪い八名不参加。寮母と女子青年団五名が同道した。

行軍の行程往復約二十四キロ。往路は通常の速さ、帰路はゆっくり歩いた。子供たちはみな元気でへこたれた者はいなかった。清涼寺の女の子は楽しそうに六生生と話していた。所要時間約五時間。

出発直前に菊池校長の来訪があった。宮部町役場に所用があり、僕とも話したいことがあるというので、行軍の途中役場に寄り二十分間話した。

校長の話はこうであった。先日奉仕会の会長が学校にきたので、疎開の実態をよく話したところ会長は納得し、不満をもつ父兄に注意した。だが、一部の父兄と話し合った副会長は、小寺先生は寮長は辞めたいといっているが、辞めたいなら辞めさせてもいいといっている。また寮母は学寮の掃除をしないし、食事も別に食べていて、これらは問題だといっている。だから君より副会長に釈明の手紙をだしてくれないかといった。

僕はあきれてしまった。寮長を辞めさせるのは副会長が決めることではない。それに僕は寮長を辞めるなどといった覚えはない。また寮母まで非難するというのは、まるで坊主憎けりゃ袈裟まで憎いの譬、寮母は掃除や洗濯をし、衣服が破れれば縫ってやり、怪我があれば手当てをし、病気の子供がいれば医者に連れていった。これは今でも変わっていない。食事は仕事の都合で子供たちと一緒に食べないことがあるが、特別うまいものを食べている訳でも、沢山食べている訳でもない。一体どこからこんな非難がでたのかと尋ねたが、校長は分からないという。そこで僕は寮長を辞めろというなら辞めてもいい、しかし分からず屋の父兄は一週間寺にきて生活をするようにしてほしいといい、また副会長には釈明の手紙はだしませんといった。校長はいかにも不機嫌そうな表情をしたが黙っていた。

僕は父兄の面会日を毎週木曜日にしたいといった。校長は反対しなかった。さらにいった。

副会長が九日に会長と共に来訪した時、僕は副会長に、批判されるべき点が僕にあるなら、どんなことか率直にいって欲しいといったのに、副会長は曖昧でまともに応えなかった。そのくせ陰で寮長を辞めさせてもいいなどというのは陰険で越権過ぎるといった。校長はまた黙っていた。そして十月分の前渡し金を僕に手渡し、一銭も残さず精算するようにといった。どんな意味でいったのか分からないが、喜んで聞ける言葉ではない。出納簿は正確につけているし、領収書はすべて保存してある。会計監査をするなら何時やってもいい。

十月十六日

今日は昨日の代日休暇とした。朝区長の篠崎さんが来て以前提案されていた、児童を民家に宿泊させる件の相談をした。篠崎さんはすでに民家より承諾をえているという。相変わらず手回しのいいことだ。そこで全員三八名を二名ずつに分け十九軒に分宿させ、世話になる家への挨拶状を謄写印刷し、児童に持参させることにした。誰がどの家に宿泊するかは籤引きできめた。午後四時、子供たちはおめかしをして喜んで出掛けていった。宿泊する家ではそれぞれ集落の入口で待っていてくれるという。

子供たちが出掛ける準備をしている最中に、比企正男の父母が面会にきた。父母は子供たちの分宿のことを知り、実際にきてみないと実情は分らないものです。不満を持つ親はきてみるといいといった。

そして子供たちが出掛けた後、十四日に開いたという父母会の話をしてくれた。父母会で激しく僕を非難したのは内海と北沢の母で、二人は子供を絶対に連れ戻すといったという。そこで比企の母は全員の面会が終了したうえで、問題があれば疎開の在り方を検討することにして、今ワイワイ騒ぐのは適当ではないといったという。比企の親のように雰囲気に流されず客観的に考える人もいるのだ。

僕は内海と北沢の母の話に呆れてしまった。とくに北沢の母は十日の面会で、いろいろご面倒をお掛けしてすみません。あんな子供ですが宜しくお願いしますといって帰った。文句があるならその時いえばいいのに、子供を人質に取られているとでも思って社交辞令的な言葉をいったのか。全くなさけない。北沢広司は普段まじめで、母が面会にきた時、親が面会にこない級友の気持ちを忖度して、母に早く帰れといった程の子供である。その母が父母会で激しくぼくを非難したとは、想像もできない。

子供が民家の宿泊に出発し、比企の父母も帰ったあと、僕は招待を受けていた篠崎新作さんの家にいった。集落の中程にある家だった。夕食を馳走になりいろいろと話したが、僕がふと不用意に口を滑らせて寮長を辞めさせられる話があったというと、新作さんは憤慨し、この前役場にいった時、開善寺に疎開している子供と比較して聖沢院の子供は、躾がしっかりしていて、勉強も熱心にやっていると聞いた。これは先生の指導がしっかりしているからだ。もし先生が辞めさせられるようなら、我々はもう援助も協力もしないといった。僕にとってはありがたい話だが、こんなことでもし地域の人に迷惑を掛けるようになってはと思うと、喜んではいられなかった。それにしても寮長を辞める話などは、いかにも感情的で軽率な発言だったと後悔した。午後九時学寮に帰る。

ニュースによれば、十月十二日に台湾東方海上で、わが航空部隊は敵の航空母艦を撃沈し、敵機多数を撃墜し大勝利をえたという。僕は一昨夜校長に寮長を辞めてもいいといった前言を取り消し、児童と共に帰京するまで頑張ろうと思った。子供のいない夜の寺はじつに静かだ。

十月十七日

神嘗祭。午前九時子供たち帰る。随分馳走になってきたようだ。そのうえ昼食も食べにきなさいといわれた者、昼の弁当をもらってきた者、僕の分までもらってきた者様々だが、種田順、佐伯藤次、内海健次は食べ過ぎたらしく吐いて苦しがった。余程たくさん食べたらしい。

午後二時近くの宇山神社の式典に参列。高橋省蔵と高橋一幸の母が面会にきた。二人の父は兄弟だが、疎開についてはまるで違った考えをもっていた。省蔵の父は子供の生命が第一で、勉強や集団の躾などどうでいいといい、一幸の父は疎開は子供の精神を鍛えるいい機会だから、びしびしやって欲しいといっているいう。省蔵の母は自分はお父さんとは考えが違うから、集団生活がきちんとできる子供になってほしいといった。

宮部校の森訓導が夕食後に立ち寄り、午後九時まで歓談をしていった。

十月十八日

南三次の父が面会にきて四時間目の授業を参観した。弁当持参。昼食後に三次の父に疎開生活の説明をした。

十月十九日

宮部町の富士神社の祭礼で国民学校が休業ゆえ、教室を使うわけにもいかず、こちらも休む。岸田和尚と初めて囲碁をやる。和尚はなかなか強い。久しぶりに心に余裕ができた思いがした。子供たちもカルタをやったり、庭で遊んだり、部屋で寝転んでマンガを読んだりしていた。先日の檀家総代の丹羽さんの話によると、住職は疎開以来ずっと子供たちが目を覚ますとかわいそうなので、朝の勤行は一時間遅れてやり、鐘もなるべく強く叩かないようにしているとのことだった。これは気付かなかったので、改めて和尚に礼をいった。

十月二十日

臼井静雄の父と祖母が面会にきた。僕は臼井の父の来訪はあまり歓迎したくなかった。臼井が二度も脱走を計ったのは、実は父がそそのかせていたと奉仕会会長から聞いたからで、会長には臼井の父の面会は遠慮してもらいたいと話したくらいだ。ところが父は電灯のソケット付きコード二本、電球二個、石鹸十個を寄付し、自転車を寄付することを考えているという。以前聞いた会長の言葉によれば、臼井の父は僕を強く非難しているというが、今日の様子はまるで違う。これはどうしたことか。僕が会長の話をそのまま信じたのは誤りだったのか。それとも静雄の父が反省したというのか。どうも曖昧な話ばかりだ。国防婦人会四名が手伝いにきていたが、臼井の父はこれを見てどう思っただろう。

十月二十一日

佐田喜作の父母、山南春男の母、山部和彦の母面会にくる。佐田の母は自分の夫を親方、親方と呼んでいる。父母たちに最近の学寮生活を説明すると大分理解した様子だった。佐田の父は気短で単純な心情の持ち主らしいが、話せば分かる人柄のようだった。山南の母は春男は母のいうことを聞かず、母から何時も離れて何事も自分勝手にやってきた。どうかあんな子供でも宜しく頼みますという。何か親子関係に複雑な事情があるのかもしれない。山部の母はまるで集団疎開を理解していなかった。和彦を本堂に連れていき、しきりに一緒に帰るよう子供を勧誘していた。ところがそこへたまたま丹羽さんがやってきて、熱心に説得をしたのでようやく翻意した。しかし心から納得した訳ではなく、何やら恨みがましい顔で帰っていった。思えば哀れでもあった。

十月二十二日

大山仁の父くる。愉快な人柄で何事もおおらかに話し、今度父兄会があったら自分が司会をやり、分からず屋のお母さんがいたら説得するといい、それにはコツがありますといって、大きな声で笑った。

北川透の弟がやってきた。三年生だという。なぜ一人できたのかと尋ねても分からない。兄に聞かせると父は宮部町の郵便局にきているが、寺にはこないという。なぜこないのか。結局分からなかった。帰りは大山の父に宮部町まで連れていって貰うことにした。

地区の松田氏がやってきて、部屋に薬品棚を作ってもらった。子供たちは作業を喜んで手伝った。

十月二十三日

父兄の面会者はなかったが、東京O区の四町会長の来訪があった。学寮で修身、国語の学習をし、午後は登校しオルガンによる音楽の授業と大きな世界地図による地理の学習をした。その際四町会長も帰路が同じなので同道した。四キロの道のりに一人の町会長は疲れたらしく、これはきつい、これはきついとこぼしていた。一時間の授業参観後帰京。

十月二十四日

午後一時に清涼寺で菊池校長と事務連絡。寮母と作業員の辞令受領。（何と遅いことか）。両者のボーナス三円は後日郵送するとのこと。新作業員の採用は、人選を地区区長に一任。決定次第住所、氏名、生年月日を菊池校長に報告する。給料月額十円程度。帰京させなければならない児童のある時は、事前に校長に連絡のこと。校長はなぜか機嫌がよかった。

十月二十五日

面会は内海健次の父母、小机憲の母と兄。それぞれ一時間半いて帰る。僕をひどく非難したという健次の母からは質問もなく意見もなかった。また健次は折角父母がきたのに、むっつりとしてほとんど口をきかなかった。変な子供だ。

本日、篠崎さんと白井さんの尽力により、宮部町の細川さんと新開さんに新作業員としてきてもらうことになった。二人とも三十代で気持ちよく働いている。辞めた横田さん、大類さんをねぎらう。

十月二十六日

朝気温十一度。藤枝警察署長が斡旋してくれた昼間線の電気工事が終了し、今日から昼夜電灯が点くことになり、今後陽が短くなるので大いに助かる。面会は種田順と新田重吉の母。夜、Ｍ校の真田訓導来訪。授業について話す。お互いよい授業ができないと嘆く。Ｍ校は一か月に二日間子供を家庭に帰すかどうか尋ねたところ、そんなことはないという。過日奉仕会会長のいったことは、根拠のないことが分かった。真田さんと囲碁をやる。

十月二十九日

本日風邪をひいた者三名、下痢患者多数でる。患者の中には下痢をしているのに、特配の飯をもらう者がいたのでこれを禁止し、全員粥食にして宮部校での授業は欠席させ、一日寝ているように申しつけた。子供たちの話によると仮病をつかう者がいるというが、真偽は分からない。二、三日様子をみることにした。

風邪。臼井、小塚、新村。下痢。木山、佐田、山部、黒沢、内海、市川、内海は軽く、木山、佐田はひどい。これから寒さに向かうので心配だ。町の吉村医師の往診を頼みたいが、老齢できてはくれない。といって出掛けたいが四キロの歩行は無理だろう。下痢止めの薬を飲ませ、粥食で寝かせて置くのがいいと思う。本日登校。二時限の授業で帰る。

午後、比留間次郎の母と副島健太郎の兄が面会にきた。疎開生活の状況を話すと、とくに意見も質問もなかった。作業員に少々の心付けを置いていった。これで面会もほぼ終了したようだ。今後あるとすれば二回目だ。これから少しは父兄も子供も落ち着いてくれると思う。

大本営発表によると二十四日にレイテ沖海戦がおこなわれ、翌日には海軍の神風特別攻撃隊が、機体もろとも敵艦に突入したという。感激と悲壮感が交錯する。

十月三十日

授業は疎開にくる前に考えた理念は、一度も達成されなかった。たとえば国語の授業にしても、新出漢字の学習、全文読みの練習、文章の分析と内容の把握など、みな従来の学習方法と大差はないが、これさえ十分にできない。理科の実験にいたってはほんの少ししかできない。効果が上がったと思われるのは算数の計算力だけだ。

来年三月になれば中学の入学試験があるだろうが、どの学校の児童も学力の低下は必至だ。これについて都の方針は何一つ聞こえてこない。しかし集団疎開の悪環境の中で基本的なものだけは、しっかり身につけさせなければならないと思う。

十月三十一日

様々なことがあったが過ぎてみると時間の経過は速い。火曜日の授業、算数、国史、国語、武道(中止)、図工。三日前に書いた教案によって、かなり充実した授業ができた。無論悪い環境と条件の中満足した訳ではない。

最初の空襲警報

十一月一日

霜月という。無論まだ霜はおりない。稲刈りは早いのは十月半ばから始まっているが、壮丁のいない家は大変だろう。また蜜柑の出荷も忙しいにちがいない。

学寮での授業。国語、算数、習字、理科。午後は宮部校へいく筈だったが電話連絡をして中止。子供の体の回復が十分とは思えないからだ。学寮での授業も午前でやめる。とにかく患者は食事に注意し休ませることだ。

十一月二日

下痢患者はほとんど治ったようだ。安心する。下痢患者の大半は特配の食べ過ぎが原因と思うがどうか。食事指導は今後徹底してやらねばならぬ。

午後二時空襲警報が発令になった。警戒警報がないのに突然の空襲警報なのが分からない。感度の鈍いラジオをつけたが情報は何もなかった。しかしとにかく子供達に防空頭巾をもたせた。だがこんな山裾の寺に爆弾を投下するだろうか。恐らく敵機は偵察にきたに違いない。二十分後警報は解除された。

十一月三日

明治節拝賀式に出席のため雨天の中、児童を引率して登校する。児童用の七本の傘は以前宮部校から拝借したものなり。式後国防婦人会主催の寮母慰安会あり。周辺の疎開校の寮母みな出席する。

午後奉仕会の連絡員（秦、金井両氏）来訪し、本校より預かってきた後期教科書を持参される。奉仕会よりの諸経費は月初めに支給されたい旨話す。

戦況はどうも分からない。新聞は遅くくるしラジオは感度が悪くて、時々聞こえないことがある。しかし東京上空には毎日米軍の爆撃機一機が高々度でやってくるという。長い飛行機雲をひきその姿は美しいという。だが何か不気味な気がする。そのうちに多数でやってくるのではないか。そう思うとやはり学童疎開は必要だったと思う。

十一月四日

菊池校長からの要請があって、四日（土曜日）と五日（日曜日）に上京することになった。留守中いささか心配だが、級長、班長は無論のこと全員に注意を喚起させ、寮母、作業員まで協力するように話した。最近は児童も落ち着いているので何とか無事にすごせると思う。

午後一時焼津駅を発った。列車は途中の駅に何度も停車して、軍用らしき貨車をやり過ごし、出発してから五時間近くかかってO駅に着いた。本校にいった時は薄暗くなっていた。学校には宿直の井田、村田両訓導がいた。十五分ほど学校の様子を聞いてから、近くの親戚の家に泊まりにいった。

十一月五日

午前七時警戒警報つづいて空襲警報が発令。学校にいくと校舎は閑散としていて、まるで仮死状態という感じだった。やはり学校は子供の声が充満していてこそ学校なのだ。

学校のラジオは疎開のラジオとちがって、感度がいい。こう報じた。B29一機、伊豆半島上空を北上し、沼津より西進して清水、静岡をへて名古屋に向かったという。

職員室では少数の教師が俸給事務を熱心にやっていた。話しをする者はいない。僕はなぜか思わず涙ぐんでしまった。

菊池校長への事務連絡は次の通り。

＊十月分食料費の精算書、受領書、月例報告を校長に手渡す。

＊第一回の輸送費（焼津・宮部間）支払いについて。支払い済みならば領収書必要。

＊新作業員の給料の件了承されたい。

＊後期教科書到着の見込みを聞く。

＊児童用ノート配給ありや。

＊奉仕会よりの諸経費の支給は月初めにされたい。

＊父兄会あらば小生出席すること。

＊前渡し金の使用と精算書について詳しく話す。

＊寮母と新採用の作業員の委任状のこと、および世帯主、非世帯主かを役所に提出すること。

＊寮母を一度上京させることの承認をえる。

校長は相変わらず積極性がなかった。医療の話になった。僕は校長にいった。これから冬にむかうと風邪をひいたり、体調をくずして病気になる子供が必ずでます。先日も下痢患者が多数でました。しかし医療費はほとんどなく、宮部町の医者は老齢で往診はかなわず、といって藤枝の医者も呼べなかったのです。幸い治ったからよかったものの今後が心配です。ぜひ医療費を学務課へ請求してくださいというと、校長は請求しても無駄だろうという。請求しなければそれは分からないでしょうといえば、校長は役所には予算がないだろうという。

話にならなかった。このようでは今後児童の病気への対応はおぼつかなく、これではまた父兄に不信をいだかせるだけだ。同席した広沢訓導はなぜか黙っていた。新任の首席訓導はまだ会ったことはなく、不在だった。午後一時より本校で聖沢院関係者の座談会があった。出席者。奉仕会会長、役員、町会長、父兄三十名、校長、広沢訓導。小寺。

様々な意見、とくに噂を根拠にした僕への強硬な批判がでると予想していたが、拍子ぬけの感があった。子供は食べ過ぎているようだから注意されたいとか、厳しい集団生活は戦時下にあっては必要な経験であるとか、以前とはまるで違った意見ばかりか、かつて聞いたことのある面会時間が少ないとか、面会時には宿泊し子供と一緒に寝かせてほしいなどといった意見もなく、現状に満足している様子がみえたのは不思議なくらいで、これはおそらく多くの父兄が、一部のデマによって惑わされたのを気付いたからかもしれない。これは校長にしてもそうだったのである。

僕は意見を述べた。疎開は空襲から児童の命を守るための対策であるから、我慢すべき場合は我慢しなければならない。また柳地区の人々は非常に協力的なので、この人々を落胆させるようなことがあってはならない。

僕は話し終わってから、質問や意見があったら聞かせてほしいといっても、ほとんどなかった。恐らく父兄は警戒警報と空襲警報が発令されているので、ようやく疎開の必要を自覚したにちがいない。

午後三時O駅発、八時焼津着。寺に帰ったのは十時近くなっていた。ひどく疲れた。真っ暗な子供たちの部屋を覗くとみな眠っていた。

十一月六日

新聞によると昨日午前七時とは別に、十時頃、ふたたび米軍の爆撃機が一機伊豆半島上空から北上し、沼津、静岡、浜松の上空をへて名古屋方面に向かったという。高度一万メートル、これでは味方の戦闘機は迎撃できないのではないか。もし今後多数の編隊でやってきたら、どうするのだろう。今日も午前九時四十分、警戒警報発令。十一時五十分解除。授業は午前中にやめ、午後は手旗信号の練習をした。これは前からやっていて、児童は大いに興味をもち、うまくやる者は何人もいた。うまく出来ない子供の動作をみると、相手から見て、腕の動きがカタカナの形を逆にできないことが分かった。これはラジオ体操で皆の前で示範する時と同じなのだ。何度も練習させた。そのうち百メートルはなれてやるつもりだ。

変な面会

十一月十二日

日曜日。先日上京した時は気力が充実していたが、学寮に帰ってからは体がだるく、疲労がとれない。気力も回復しない。こんなことでどうすると思っても、毎日が惰性の連続だ。各教科の授業は型通りにやるだけで、自分でも嫌になる。そこで今朝は五時に起きて柳橋まで走り、さらに宮部町に向かって五百メートル走って、引き返してきた。寺に帰ると幾分気持ちがもとに戻ったようだった。

子供たちを神嘗祭の前日宿泊した家に、一組二名ずつ勤労奉仕にいかせた。都会の子供ゆえ農家の仕事は経験がなく、足手まといになるかと心配したが、庭を掃いたり、ネギを掘ったり、蜜柑箱の整理をしたり、木の枝を剪定したり、仕事は様々だったがみな喜ばれたらしい。それに昼食も夕食も馳走になったのだから、子供たちはみな満足し上機嫌で帰ってきた。いい経験だったと思う。

十一月十三日

宮部校に登校して、国語、地理、理科、音楽の学習をした。とくに音楽はピアノがあるので、絶対音階の学習を念入りにやった。これは飛行機の爆音を聞き分けるための訓練が必要だといわれていたので、僕は疎開にくる前から主要三和音の聞き分けを扱ってきた。これで爆音の聞き分けが可能かどうか疑問だが、疎開生活にはいり教室を借りピアノまであるので、またこの訓練を取り上げた訳だ。ヴァイオリンの奏者は絶対音階を持っていると聞いたが、それまではいかなくとも、「ハ」と「ロ」の音の聞き分けをやっていれば、少しは音感の育成に役立つのではないか。またこれは戦時下の教育には大切なことかもしれない。

それにしても音階を正確に聞き分ける児童は少ない。これを一人でも多く増やすには、毎日少しずつ学習すればいいのだが、今の環境でそれができないのが残念だ。

十一月十四日

疎開生活も慣れてきたので、父兄も世間も以前ほど関心を示さなくなったようだ。新聞にも疎開の記事は全く掲載されていない。いいことか、そうではないのか。しかしこういう時こそ思わぬ問題が起こるもので、油断は禁物だ。

十一月十六日

昨日は頭痛がして体もだるく、記録事項の少ない学寮日誌だけを書いて、疎開日誌は書かなかった。風邪を引いたのかと気にしていたが、今日は頭痛もだるさも直った。授業は算数に力を入れた。分数と整数の掛け算と、分数どうしの掛算の場合とは、同じ考えでおこなうことを話したが、この簡単なことが分からない者がいた。やむなく一人ひとり指導した。

十一月十七日

四日間の予定で寮母を上京させた。僕の家は戸締まりをしたままなので、埃がたまっているかもしれない。それよりもここのところ、連日東京には敵機がやってきて投弾すると聞いているので、いささか心配だ。親戚に泊まるよういった。

寮母がいないと何かと不便だ。細々としたことをやってくれる者がいないと、つい忘れることがある。歯科医にいく子供が多くなって、寮母が連れていったが、いない間は自分でいかせるしかない。薪不足になった。寺には余分はないので、白井さんに頼んで民家から買うことにした。午後の授業は打ち切り、白井さんのリヤカーで薪運びをした。子供たちは空になったリヤカーに乗ったりして、面白がって何度も運んだ。白井さんは薪を使って炭焼きをしたらどうかといったが、窯がないのでそれはできない、余裕もない。

十一月十八日

児童を柳橋に連れていき、橋をはさんで一〇〇メートルの距離に分かれ、手旗信号の練習をした。「キョウハセイテンナリ」がうまくやれる組は、「オマエハバカダ」とか「ヤスコガスキダ」などという信号まで現れて、子供たちは楽しそうだった。

十一月十九日

日曜日。全児童自由行動。午前十時味噌、醬油と食用油に購入するため、農協にいって交渉する。日曜日でも職員がいるのはありがたかった。

十一月二十日
新聞によると少数機ながらＢ29の連日の夜間空襲によって、都民の中には不眠症患者が現れているという。学寮での授業。国史。「明治の維新」を読み、感想文を書かせる。算数。応用問題四問の考査。国語。「修行者と羅刹」の斉読。口をしっかり開けて読まぬ者あり、注意する。理科。「気温と体温」。温度計と体温計一本では、説明おぼつかなし。

十一月二十一日
またまたＢ29の夜間来襲により、不眠症の都民続出との報を聞く。

十一月二十二日
ここ二週間ばかり父兄から児童への音信はまったくない。空襲が影響しているのだろうか。だが子供たちはそんなことはあまり気にしないようだ。

十一月二十三日
新嘗祭。今日は面会について変なことがあった。次のようである。

四日前に投函したと思われる山部和彦宛て手紙が届いた。父母と兄が三人で面会にくるという。今日がその日だった。和彦が宮部町のバス停まで迎えにいきたいというので許した。和彦はトンネルの近くで母と兄に会った。父の姿がみえないので、和彦がお父さんは、と尋ねると、篠崎新作さんの家にいったという。

僕は三人が寺にきた時、お父さんはなぜ寺にこないかと聞くと、和彦の母が応えた。じつは父親はやがて出征するだろうから、その前に伊勢神宮を参拝するつもりでやってきて、途中ここに立ち寄り、親子四人で篠崎さんの家に泊まるつもりだという。僕がそれは禁止しているというと、母親は、お父さんが寺にこなければ面会とはいえない。だから親子して民家に泊まっても問題にはならないでしょうと応えた。

変な理屈をうまく考えたものである。だがこれを許可すれば、他への影響はあきらかである。僕はなぜ父が篠崎さんの家にいったのかと尋ねた。すると母はこの前面会にきた時、篠崎さんが親切そうな人だったので、泊めてもらうことを考えたのだといい、これから篠崎さんの家にいって、どうするか相談すると出掛けていった。やがて母と兄は父を伴つて寺に戻ってきたのだが、一時間ほど学寮にいてまもなく東京に帰っていった。和彦の父が伊勢参りにいったかどうかは分からない。

十一月二十四日

B29は数編隊に分かれ、都下武蔵野町の中島飛行機工場を爆撃したという。

十一月二十七日

二日間疎開日誌を書かなかった。B29はまたも中島飛行機工場を爆撃し、さらに板橋区も爆撃したという。敵機の戦略はわが航空機生産の壊滅を狙っているのかもしれない。

十一月二十八日

「宮部学寮報」を印刷して各方面に発送した。今回は第三報である。名称は聖沢院学寮報とすべきだが宮部の名称をかりた。疎開生活を円滑にするための連絡事項、ありのままの現状と率直な所感を書いた。父兄と子供が民家へ宿泊するのはやめてもらうことも書いた。発送先。各父兄。本校。宮部校。主たる地区関係者。教育に関心のある知人。

十一月三十日

時雨が降って稲を刈ったあとの田圃は寂しい。鳥が何羽も地面に降りている。雀の姿はない。烏を避けているのだろう。やがて冬がやってくるのだが、警察から火鉢は送られてはこないので、住職に頼んで檀家用の火鉢を五つ借りた。これで少しは暖が取れるが、火の用心の心配が増えた。

小包は子供に直送しないようにとは、疎開にくる前の父母会で何回も話してあったことだが、最近よく送ってくる父兄がいる。しかも同じ児童当てに何度も送ってくる。内容は菓子、乾燥大根、米、靴、便箋に封筒、本、シャツ、パンツ、足袋、手袋、歯ブラシ、手ぬぐい、帽子、エンピツなどであるが、同じ物を送られても子供は困るだろう。まして米や乾燥大根はどうせよというのだろう。一人で米を炊き、乾燥大根を煮る訳にはいかない。次号の宮部学寮報で送らぬよう厳しく注意するつもりだ。

冬の到来

十二月一日

朝夕寒くなった。風の吹く日はことに寒い。子供たちが風邪を引かぬためには、衣服の調節、手洗い、うがい、乾布摩擦などしか方法がない。

寝小便をする子供がいる。それが誰かここに名前を書くこともないだろう。本人は羞恥心にさいなまれていてつらいのだ。夜中に寝小便に気付き、朝までに乾かそうとして、足で摩擦して布団を乾かそうとしている。朝になって仲間にからかわれることを恐れているのだ。寮母が誰もいない場所で寝間着やシャツとパンツを脱がせ、急いで着替えさせている。それからひそかに洗濯をするが、布団を干せばすべて分かってしまう。子供に聞いてみると、寒くなり夜中に便所に起きるのが億劫で、また眠ってしまったために失敗したというのだ。今後もこんな子供がでるかもしれない。この子は夜尿症ではなさそうだから、寝る前に必ず小便を済ませるとか、水を飲まないようにさせるしかない。

十二月二日

宮部校への登校には、シャツの重ね着をするように注意した。道端の草はみな枯れ、遠い風景の中に見える落葉樹は箒のように立っている。今朝は幸い風はないが、これで風がヒュウヒュウ吹いたらもう立派な冬だ。だがまだ外套は着ていない。隊列を作り前を向いて、元気に歌をうたって行進していけば、いじけた気持ちはなくなる。今風邪をひいている子供は一人もいない。これはいつまでも維持したい。学校での授業は声をだして文章を読み、算数は文章問題をどう読みとるかの指導。体操は肋木での懸垂。音楽は日本音階による合唱の基礎練習。最後の時間は砂場で相撲を取って遊んだ。みな元気だった。

十二月三日

今月にはいり毎朝庭で全員天突き体操を二十回した。そろそろ二学期の締めくくりをしなければならないが、通信簿はまだ本校から届いていない。これは一学期の末に家庭に渡したまま、前担任が集めなかったためだ。至急学校に連絡して通知表を集めて送ってもらわねばならない。

今日は謄写印刷で国語と算数の問題を印刷した。国語は漢字の読み、書き取り、短文を読んで解釈。算数は文章による問題三問。

十二月四日

午前第一、二時。国語と算数の考査。第三、四時。柳橋周辺で水彩による風景画を描く。小池誠と米川秀次は構図の取り方がうまいが、彩色に工夫が必要だ。篠原寛と浅見善吉は色彩感覚がすぐれている。

十二月五日

今朝も天突き体操をした。だがこれを体操といえるかどうか。両足を左右にふんばり、低く腰をおろして頭の上にささげた拳を、掛け声とともに空に突き上げる。この繰り返しで体温は上昇する。こんな運動は誰が考案したのだろう。そしてなぜ流行したのだろう。おそらく戦意向上と無関係ではないだろう。宮部校にいくとそこでも、全校児童がやっていた。これはラジオ体操と比較して何の優雅さもない。その点ラジオ体操は体中の筋肉を、収縮したり伸張したりねじったり、跳躍したりする。それも音楽のリズムにあわせた運動だから優雅な体操といえる。だがいまは優雅などという言葉は禁句かもしれない。

十二月六日

四日にやった考査の結果は、国語の平均は七十二点、算数は六十五点。計算だけの平均は七十七点だが応用問題の出来が悪い。文章の内容の把握が不足しているようだ。宮部校から借りてきたボールを使い、寺の庭でドッジボールをやった。ひどく元気で子供らしく大声をあげていた。あまり騒がしいので和尚が見にきた。

十二月七日

宮部校へ登校。借りてきたボールを返す。学校では二学級一緒に使う時、不足するから早く返さなければならない。オルガンを使い一人ひとりの歌唱の考査。大声をあげて騒ぐ子供も、一人となると情けない声で歌う。木山も臼井も佐田も小声だったが、山南ははっきりした声で歌い音程も正しい。

十二月八日

学寮で理科、算数の再考査。普段の学習状態と環境を考慮して、少しやさしい問題をだした。すでに十月二十日に米軍は比島に上陸し、二十五日にはレイテ沖で大海戦があり大きな戦果をあげたと報じられ、また特攻隊が出撃して敵艦を撃沈したという。いよいよ決戦だ。これは比島方面だけではない。いまや国内も戦場で敵機は定期便といわれるように毎日やってくる。東京ではその度毎に緊張をしいられ、警報がでるたびに防空壕にはいっているだろう。だがここでは直接の危険はない。そのためか生活はマンネリズムになって惰性的だ。心をひき締めねばならぬ。

十二月九日

ここのところ作業員の勤務状態がよくない。朝食の準備が遅くなったり、一人は日中無断で一時帰宅したり、もう一人は夕食が済むと後片付けもしないで帰宅した。採用した時は実にこまめによく働いてくれたが、仕事に慣れてきたためかやや怠慢になっている。そこで注意すると素直に返事をした。これからも真面目に勤務してもらいたいものだ。

奉仕会会長宛の手紙でつぎの依頼をした。

＊年末年始につき町や地区への挨拶のため、十一、十二月分の機密費を送ってもらいたい。まだ二か月分の送金がないのは、費用がないためか。もしないのならおやつ費を機密費に回してほしい。（これは奉仕会では最初から暗黙の了承になっていた筈である）

＊餅米は食糧費に含まれていないので、この費用の捻出を考えてもらいたい。（もし可能ならば餅米の購入は地区の白井氏に依頼するつもりである）

＊古新聞、おろしがね、餅焼き網を送ってもらいたい。

＊先日連絡のあった奉仕会（M校との合同）の地区関係者への感謝会の件。地区関係者への連絡は小生が担当する。この件を菊池校長へ連絡するように依頼。

＊民家の宿泊はやめるように父兄に徹底されたい。

＊通信簿を至急送ってもらいたい。

十二月十日

佐々木拳と南三次の掛け布団が薄く、これからの寒さが心配なので、至急布団を送ってもらうよう、農協の電話を借りて学校に連絡し、父兄に伝言を頼んだ。午後三時M校の吉川訓導来訪。奉仕会の主催による地域への感謝会の件について、出席及びその他確認のため。一時間ほどで帰る。

十二月十一日

午前九時に宮部校に登校して、理科、国史の授業をおこなった。午後体操。まず準備体操をした後、低鉄棒による腕立て懸垂と徒手体操の考査。それぞれ三点の着目点を決めて査定した。

十二月十二日

学寮で第一時より第三時まで国史、国語、算数の考査。それぞれ四問出題、第四時綴り方、自由課題。午後は持ち物の整理と布団戸棚の掃除と整頓。

先月二十九日には米軍の焼夷弾爆撃で東京の神田区が焼けたという。そしてその後も六日、十日、十一日と少数の爆撃機Ｂ29が東京上空に現れている。これでは本校の校舎も子供たちの家もいつ空襲に合うか分からない。だがここでいくら心配してもどうにもならない。出来ることは疎開生活をしっかりやることだ。

十二月十三日

地域の人々への感謝会のこと。

今日はいろいろ世話になった人々への感謝会が午後四時から開かれる予定だった。ところが正午に警戒警報につづいて空襲警報が発令された。敵機は浜松に焼夷弾投下、さらに多数機が名古屋方面に向かったという。そこで警報解除後午後六時より開催された。場所。宮部町南潮楼。出席。招待者地域の人七名。Ｍ校校長、奉仕会役員二名。本校の菊池校長、奉仕会役員はなぜか不参加だった。Ｍ校の校長は不審がって理由を聞いたが、僕に分かる筈はなかった。懇談は大いに盛りあがった。僕の出費九十五円。

十二月十四日

今日は面会日だった。先日の手紙によると奉仕会役員の吉沢氏と父兄が五人くる筈だった。ところが一人もこなかった。おそらく警戒警報が頻発し、空襲警報も発令されているので、取り止めたのだろう。

十二月十五日

午前中児童の学習の成果をまとめるために、国語、算数、国史の考査をやった。十二月分の諸費用はいままで未払いが多かったから、至急奉仕会に請求しなければならない。午後佐々木と南の布団が届いた。これで暖かく寝られるだろう。

餅つき

十二月二十三日

十六日から昨日まで日誌を書かなかった。なぜか書く意欲がなかった。書いたのは学寮日誌だけだった。これは正式の学校日誌というべきもので、記入欄は簡素である。

今朝の新聞に「皇后陛下、疎開学童に御仁慈」として、次のことが掲載してあった。

「皇后陛下には、父兄の膝下を離れ遠い疎開地で明るく、正しく、また逞しく学びつつある疎開児童のうえに深く御心を用いさせ給い、二十三日の皇太子殿下御誕辰の佳き日、これら集団学童ならびに教職員に対し御慰問のビスケット一袋づつを下賜の御沙汰あらせられ、また集団学童御激励の御歌を下賜あらせられた。

皇后宮御歌　疎開児童のうえを思ひて

つきの世を　せおふへき身そ　たくましく

たゝしくのひよ　さとにうつりて」

また二宮文相の謹話として、「この度の皇后陛下の懿旨《いし》を拝したことは洵に恐懼感激に堪えぬ所である」とあり、さらに「学童疎開の目的は現下の熾烈なる決戦段階に対処して戦力増強への寄与を図るとともに、学童のより強健なる心身を育成することにある」とあった。

十二月二十五日

昨日は日誌を書かなかった。書いたのは学寮日誌のみ。自転車で焼津の清涼寺に俸給を取りにいった。寮長の野田訓導の話によると、今度新しく教師が派遣されてくる予定だが、この要員は藤枝の泉竜寺の学寮と兼任とのこと。これでは大して役にはたたぬと野田先生はいった。まったくその通りだ。

十二月二十六日

午後作業員の二人の俸給計八四、一四円を支給した。賞与は支給するほど金はないのだが、年末とあってはださぬ訳にもいかず、たまたま区長の篠崎さんが見えたので、少し意見を聞き四十円を支給した。

十二月二十七日

午後三時にきた郵便配達夫の話によると、正午ころ多数のB29爆撃機が東京郊外の飛行機工場に、多量の爆弾を投下したという。これは東京の郵便局からの情報だから確かだという。ラジオをつけてみたが何のニュースもなかった。

夜八時、菊池校長より農協に電話があり、神田彰の父が事故で死亡したので、明朝神田を伴って上京するようにとのことであった。農協の職員がわざわざ知らせにきてくれたのである。神田はおとなしく口数も少なく、学習も仕事も黙々とやる子供で、父の死亡を伝えると涙も流さず、うつむいたままなのが哀れで、慰める言葉もなかった。父の死亡の原因は事故というだけで不明だが、昨日の空襲と関係があるのだろうか。

十二月二十八日
朝寮母に神田を伴わせて上京させた。子供たちは柳橋の近くまで送っていった。糯米を購入した。明日餅つきをするつもりだ。

十二月二十九日
午後三時、白井さんが臼と杵をリヤカーで運んできてくれ、糯米をふかし夜になって餅をついてくれた。これは引き伸ばした後、切り餅にして正月に子供に食べさせるつもりだ。

十二月三十日
曇って寒い。底冷えのする寒さで、風のないのがせめてもの救いだ。炬燵があるといいのだが、篠崎さんか白井さんに相談して、民家から借りられるといいが、恐らく余分の炬燵などないだろう。

十二月三十一日
かねて本校の広沢訓導に頼んで置いた新聞が届いた。

「昭和二十年度中等学校入学者選抜に関する実施要項」の「都の中等学校入試方法」の主なる点は次のようである。
1、報告書。成績一覧表は最終学年第一学期成績による。個人調査書は最終二箇年間の学業成績と性行身体状況。集団疎開学童は疎開先の教育事情を記載する。
2、考査期日。三月二十日開始二十四日までに結果発表。集団疎開学童は一定の輸送計画をたて考査期日に間に合うよう帰京させる。
3、願書、報告書の提出期日。二月二十日から三月六日まで。願書は国民学校長を経由して提出すること。なお一通しか提出できないし、提出替えもできない。疎開学童は希望により疎開先の学校にも進学できる。
4、都の生悦住《いけずみ》教育局長の説明。
★面接について。
＊平易なものである。たとえば「お父さんのお年は」といったもので、面接中に人物の印象を汲み取るわけだが、学童の態度が不自然にわたるような、父兄のつけ知恵は極力さけてほしい。時局がら短時間ですませる。疎開のため勉強ができず、答えられないといったものではないので、特別な準備はいらない。

★身体検査について。

＊疎開学童が栄養その他の事情から不利になるようなことはない。

★学区制について。

＊原則として国民学校の属する学区内の学校に志願すること。

＊保護者の住居地が現在通学している国民学校と学区域が異なっている場合は保護者の住居地の属する学区内の学校に志願すること。（学区一覧表略）

帰　京

昭和二十年正月

一月一日

大東亜戦争はいよいよ決戦の年を迎え、フィリピンの戦況はいよいよ激しい。この年をもって必勝の年たるべく、一億一心以て聖上の大御心を安んじ奉らねばならない。

学童疎開も四か月になった。この間生活はようやく慣れてきたものの、教科の学習にいたってては、当初考えた授業の形態も内容も達成できたとは到底いいがたい。

従来の授業は一般的にいって、国語、算数は読み、書き、計算が中心になっていた。また修身、国史、地理は端的にいって教科書の解説による理解、理科は知識の習得といささかの実験であった。おおよその教師の指導はそうであった。僕はこれを打破して、衣食住の疎開生活の中で、いわば寺子屋式授業による個人的指導で、学習効果を高めようと考えていた。児童数も限定され、他からの影響も少ない中でそれが可能と考えてきた。

ところが実際はどうか。生活物資の調達から始まって、低く細長い食卓での学習、学習用具といえば、コンパスも定規もなく、画用紙を黒板にかえての授業。地域の人々の来訪によってやむなく中座する授業。学寮より学校への通学。環境の目まぐるしい変化。学習時間数の不足等々。僕は疲労に耐えて勤めたつもりだが、当初の教育観は半分も実行できなかった。やはり独りだけの学寮全体の経営は限界があったと思う。そして日が重なるにつれ、疲労のために、欠かさず書いてきた日誌まで欠ける日がでてきた。また記入したところでその内容は、全部漏れなく書いた訳ではなかった。一日漏らさず書いたのは簡潔な公式の学寮日誌だけである。

昨年は子供たちの生活も様々な問題が起こった。学寮からの脱走、喧嘩、いじめなど、父兄の無理解と誤解。また日誌には一々書かなかったが、大便もらし、寝小便の続出、胃痙攣など、その処置には困惑したことがあった。しかし、ここでこれらを人に話したところで、教師の愚痴としか聞かないだろう。だが、これらは児童の生命の無事によって逆転させるしかない。

地区の人々の理解と協力は忘れられない。食糧不足の中、何度もさつまいもや野菜をくれたし、日曜日に民家に遊びにいった子供たちには馳走してくれ、果物まで持たせてくれた。

さて、これからいよいよ戦況激化の中、さらに様々な問題が起こるかもしれない。だがこれは勇を鼓舞してことにあたり、適切に処理していくしかないと思う。

朝食は雑煮を食べさせたが、作業員の出勤が遅れ、朝食の準備は前日にやって置く筈なのに、何一つできていなかったことがある。そのために朝食はすっかり遅れてしまった。今日から三日間休みを与えているが、こんな作業員の勤務ぶりでは先が思いやられる。

宮部校での元日の式に参加するために大急ぎで登校し、やっと間に合った。疎開のM校の児童は遅刻して高野校長の訓話の途中にやってきた。校長の決戦下の児童の心構えについての話は説得力があって立派だった。式後子供たちを校庭で遊ばせておき、年頭の挨拶のために役場と駐在所にいった。

昼食は子供たちに餅を配り、餅焼き網で焼いて食べさせた。年の暮れに白井さんが民家から三個の火鉢を集めてくれたので大いにたすかった。今日から三日間作業員がいないので、僕と寮母は子供に手伝わせながら、食事をつくらねばならない。

午後区長の篠崎さんをはじめ、世話になった地区の方々へ年始回りをした。夕方青年会から慰安会に招かれていたので、会場の農協へ子供たちだけで参加させた。八時それぞれ蜜柑を貰って帰ってきた。就寝は一時間遅らせトランプなどをして遊ばせた。

一月二日

朝刊を見て驚いた。東京は元日早々、午前一時に敵機が江東方面に焼夷弾を投下させたという。このため都民は恐怖におののいているらしかった。無論恐怖におののくとは書いてはいない。撃ちてし止まんの気概をもたねばならないとある。

朝六時から朝食の準備をして、飯と味噌汁、イワシと野菜炒めの食事をした。子供たちはよく手伝い、よく働いた。食器洗いや戸棚整理など、子供でもきることはみなよくやった。やれば何でもできるのだ。一日自由時間。近所への散策もさせたが、前に宿泊した民家に遊びにいった者もいた。夜は全員三班に分かれ、百人一首、いろはかるた、トランプと好きな遊びをさせた。

一月三日

子供たちは各班毎に決められた仕事をした。庭掃除、寝具の整理、薪の運搬、竃の手伝い。食事の手伝いと片付け、洗濯物の手伝いなどなど。風邪引きがいないのは何よりもありがたい。

情報によれば、B29九機が御前崎より浜松に侵入し、爆弾九発、焼夷弾多数を投下して、死者が二名でたという。静岡県下もいよいよ危険にさらされることになり、安心してはいられない。心を引き締めねばならない。

一月四日

本日より三学期の授業開始。修身「松下村塾」、国語「奈良の四季」新出漢字の読みと全文の読み、漢字書き取りの考査。子供たちは、正月早々考査か、とぶつぶついったが、始めると真面目にやった。

今朝から作業員の仕事も開始。昼食後、本校での奉仕会後援費打合会出席のため、上京の準備をしていると、細川、新開両作業員から、近日中に仕事を辞めたい旨申出があった。僕が作業員として斡旋してくれた区長の篠崎さんは了承しているのかというと、まだ話していないという。とにかく急に辞めるのは困るので篠崎さんにも話し、新しい作業員が決まるまで仕事をつづけてほしいというと、二人は困惑したがようやく納得した。最近は出勤が遅れ勝ちだし、以前のように喜んで仕事をしなくなった。このあたりで交替したほうがいいかもしれない。

午後二時焼津駅で列車に乗った。幸い東京に着くまで空襲警報の発令はなく、午後七時十五分に国鉄のO駅に着いた。

一月五日

午前十時三十分より奉仕会後援費打合会。出席者。奉仕会会長、役員、連絡委員、校長、泉竜寺寮坂井訓導、聖沢院寮小寺。(清涼寺寮野田訓導欠席)

★打合事項。

1、十二月食糧増額費分及び奉仕会よりの手当て受領。

2、十二月食糧費精算のやり直し提出。

3、奉仕会本部へ各家庭より児童一人分二五〇円納入のこと(各学寮共通)。

4、清涼寺寮の食料費と手当ては小寺が届けること。

5、下駄、草履の購入は需要費にて支払い可。

6、卒業予定の六年生の学寮は、今後の疎開期限から考えて予算項目は立てずに諸経費は自由に使ってよい。

7、各宿舎への支払い(六五〇円)は従来通り。

8、卒業予定の六年生の帰京期日は、現在はまだ決定しかねること。

9、入試、入学事務のため補助訓導の派遣を希望する。

後援費打合会終了後、菊池校長と通信簿と入試関係の書類について相談する。

一月六日

正午近く学寮に帰る。事故等なく安心する。昨夜、寝小便した者一名。下痢をした者二名は朝食より粥食。

一月七日

日曜日。秋山純と佐田喜作が大喧嘩をする。佐田の言い分は、秋山は班長ぶって生意気ばかりいうので、殴ったという。秋山の言い分は、そんなことはない、佐田が布団を自分で棚にあげず、篠原にさせるので、自分でやれといっただけだという。それに佐田の喧嘩相手はいつも変わるから、佐田に問題があるのだという。これを佐田に問い詰めると、確かにそうだが、おればかり悪い訳ではないという。聞けばみな些細なことが喧嘩の理由であった。

子供たちは一日の時間を持て余したようだった。普段は束縛から逃れたいと思っていても、いざ自由な時間がたっぷり与えられると、その使い方に困ってしまう。もっともこれは、寺の中に閉じこめられているという意識があってのことだが。トランプ遊びをしてもすぐにやめ、次にいろはかるたをやり、これもすぐにやめる。「何処かへ散歩にいったらどうだ」とうながしても、「寒いし行くところはない」といって出掛けようとはしない。こんな心理は大人でもあり得ることで、考えるとかわいそうでもある。

井口町長の爆死

一月八日

宮部校に登校したが、途中警戒警報がでたので急いでいき、空襲になったらトンネルにはいるつもりだったが、幸い十分後に警報解除。

授業は教室でやり校庭にはでない。算数。分数の掛け算練習と分数を歩合や百分率でいう学習をする。国語。第四課「敬語の使い方」の学習。言葉を分類して敬語の意味を考える。修身。「松坂の一夜」。本居宣長の精神を学ぶ。地理。大型の世界地図を掲げ、各国とその首府を知り、記憶させる。入試のための準備をしている訳ではないが、授業にあたって無意識にこまごまとした点に注意を及ぼしている。中学の受験を考えないとすれば、何だか普段と違うぞと思う児童もいるに違いない。そんな表情が見てとれる。

一月九日
学寮で算数、国史、国語、図画の授業。

算数五桁の数の加法の珠算練習。国史。第九「長崎と江戸」の参勤交替について。国語。「奈良の四季」新出漢字と全文の読みの学習。一人ひとり読ませる。

図画は蜜柑を二個並べてエンピツによる素描。明暗の付方は意外に難しく、その描き方によって、子供の性格がある程度理解されるのは、興味あることだ。緻密な線の重なり合いと大雑把な線の表現にそれが現れている。

夕方、柳地区の区長篠崎さんが来訪し、宮部町の井口町長が空襲で死亡したと伝えた。全くの驚きだった。藤枝町に爆弾が投下し爆死したというのだ。しかしそれ以外は何も分からないので、これから役場にいくのだと篠崎さんは自転車ででかけられた。

井口町長はいかにも田舎の好好爺といった感じの人で、学寮にも度々やってきて八ミリ映画を見せてくれた。町長は撮影機と映写機を持っていて、撮影し映写するのが趣味だったという。

一月十日
新聞に昨日の空襲が報じられていた。浜松と沼津にそれぞれB29六機が御前崎から侵入し、高性能爆弾を各六〇発一六トン、二〇発五トンを投下。沼津で死者五人、浜松では七戸が全半壊したという。

井口町長は藤枝で爆死したというが、藤枝が爆撃された情報はないから、沼津か浜松に出掛けていたのだろうか。運が悪いなどとはいってはいられない。僕たちもいつ空襲されるか分からないのだ。井口町長の死に対して、深くお悔み申し上げる。僕は農協の電話をかりて東京の菊池校長に町長の爆死を知らせた。

校長はひどく驚いて、何処で空襲にあったのか、聖沢院は大丈夫か、子供たちはと、つづけざまに訊き、さらに葬儀はと訊くので、決まり次第連絡をしますと電話をきった。

一月十一日

五日に上京し、奉仕会後援費打合会出席後、通信簿を送ってほしいと菊池校長に依頼しておいたがまだこない。本校には六年男子の前担任は疎開に派遣され、数名の残留教師がいるだけなのだから、一学期に父兄に渡したままの通信簿は、回収できないのだろうが、それにしてもまだこないのは遅過ぎる。

一月十二日

昨年の今ごろは、中学入学の希望の父兄は、「国語算数問題集」などを盛んにやらせたと思うのだが、今はそんなことはできない。親はやきもきしているかもしれないが、面会にもこないのでそのへんの事情はつかめない。

一月十三日

今日は宮部学寮報を謄写印刷した。ここのところ年末年始の慌ただしさと、雑用におわれて発行を延期し、また内容が簡略になったのは、我ながらなさけない。

第二学期の児童の学習成績の一覧表を作った。通知表も書かなければならないが、まだ本校から届いていない。通常ならこれらはすべて二学期末に完了し、児童を通して父兄にも渡せるのだが、やはり疎開は異常な環境なのだ。

僕は疎開に出掛けてくる前に、一学期の児童の成績一覧表を見た。そして集団疎開にいっても学力の低下はさせまいと考えた。だが今となってみるとやはり低下はあきらかだ。学習時間数の不足といい、授業内容の不十分さといい、それに学習環境の悪さといい、いずれも学力低下の条件はそろっている。だからといって当然とはいえない。ただ忸怩たる思いがするだけだ。しかしここに一つ問題がある。それは自主的疎開と縁故疎開にいった児童は、総じて優れた成績の子供が多かった。これらを除いての平均を考えれば以前の成績とは比較できないところがある。

一月十四日

奉仕会の連絡員の林、沢田両氏の来訪があった。本校より依頼されて持参した学籍簿（封書厳封）と、入試の内申書は当方で作成せよとの伝言。持参したものは、一月分の事業費、体温計一本、糸二束、薬品。

こちらより本校への連絡を依頼したものは、一学期に家庭に渡した通信簿を至急集めて、郵送してもらうこと。宮部学寮報の配布。奉仕会で取り扱っている小遣い銭の残高を知らせてほしいこと。

菊池校長への連絡事項。（封書）

＊入学試験について。

1、父兄の入試希望の聴取、入試方法の説明は、本校でやってもらいたい。

2、内申書の印刷事務を速やかにおこない、用紙を郵送されたい。

3、内申書の記入内容で不明の欄は本校で記入されたい。

4、願書、内申書の提出は本校でおこなってもらうこと。
5、学籍簿委員会の構成、開催、記録等如何。
6、学籍簿の記入例、至急送付されたい。
7、入試について小生帰京の日時、指定されたい。
＊聖沢院学寮についてのこと。
1、卒業学年の帰京の予定月日はいつになるか。
2、来年度（新三年生）の聖沢院への疎開予定ありやなしや。
3、もし疎開してくる場合、卒業学年の帰京後、学校側が不在のままの各種物品（薪、油等々）の管理はどうするか。継続学年がくる場合は使用しなければならないと思うが。
4、作業員は明日にでも辞めたいと申しでているが、後任者は未定である。この問題を考えてもらいたい。
＊児童の健康を害している者。
神経痛三名。下痢二名。腎臓病らしき者二名。（医療費なく医者の診察は受けていない）
連絡員一泊し明日帰京の予定。

一月十五日

湯ヶ島天城旅館寮の寮長の山崎訓導から長い手紙がきた。

普段から気の強い女教師の山崎さんらしい憤激と、めずらしく弱音のみえる文面である。この学寮の児童は三年男女七十九名、四年男三十四名、六年女三〇名。教師は山崎、西川、大江、佐藤、進藤訓導と榊原助教の六名である。山崎、進藤、榊原を除いて、それぞれ母や妹がいたり、妻や子供も数人いたりして、家族は旅館の部屋をかりている。寮母は現地採用の八名と作業員三名。

授業は近くの国民学校の教室をかりておこなっているのだが、どうも統一に欠けていて、学級によっては勝手に休んだり、しばしば児童を谷川に連れていって、半日遊ばせている学級もあるというのだ。

学童疎開にきた頃は、授業は計画どおり進め、一日の生活も統制がとれていた。ところが十一月半ば頃から授業計画は乱れ、寮生活の規律も乱れ始めたという。寮母は自分の分担をまもらなくなり、適当に融通しあい、怠けがちになり、自分たちに好都合な約束を作るようなり、寮生活を牛耳るほどになった。そしてこうなった原因は、要するに教師の生活が乱れ、児童の集団生活と教師の家族生活との区別がつかなくなったからだ、と山崎さんは憤激してやまない。

僕は疎開にくる前山崎訓導と、児童の学習と集団生活について話し合ったことがあった。その時

山崎さんは、「学習と日常生活は、統制をたもち有機的でなくてはならないというあなたの考えは、理想主義で観念的ね。そうではなくて集団生活は各人が自分の仕事の区分を明確に自覚し、万事単純直截にやればいいのよ」といったことがある。その山崎さんも寮長として、大所帯の集団を纏めようと努力し、随分頑張ったらしいが、すっかり参っているようで、「小寺先生、聖沢院の子供たちが東京に帰ったあと、きっと湯ヶ島にきてください」と書いてある。

飲ん兵衛の西川訓導は相変わらずで、手がつけられない。授業は他の教師に押し付け、酒をのんでは管《くだ》を巻いている毎日なので、菊池校長に強硬に談判して、近近早早東京へ帰してもらうつもりだという。僕は西川訓導に対しては無論、彼を疎開の引率者に指名した校長に対して、無性に腹がたった。こんなことは始めから分かっていたことだ。それにしても気の毒なのは山崎訓導だ。

一月十六日

授業はやらねばならない。どんな短時間でもいいから、やることが重要なのだ。

国語、算数だけの、つまり読み書き算盤《そろばん》だけでもいい。やるとやらないでは、大きな隔たりがある。今日は寒風が吹き荒んだので、子供が風邪になることを恐れて、寺で学習した。食糧は少なく栄養失調とはいわないが、子供は一度風邪をひくと容易に治らないのが現状だ。暮れから正月にかけて、小池誠、篠原寛、比企正男の三名が風邪をひきなかなか治らなかった。だがそれも今は治り風邪ひきは一人もいない。この状態はぜひつづけたいものだ。

一月十七日

昨夜のうちに寒風はぱったりやんで、今日は春めいて暖かい陽射しがそそいでいる。宮部校に登校し、授業をおこなった。また国語と算数だが、国語は熟語の意味、算数は文章問題の学習。どうも文章から数式を導くのが苦手な子供が多い。そこでまた数式を立てる前に、文章の分析をしてみせる始末だ。

三時間目は地理。日本全図を記憶をたどって描かせてみると、変に太った形や鰻のように細い長いのがある。比較的正確に描いたのは佐藤洋治と上野勇三だ。上野は算数は不得意だが、図形を描かせるとうまい。地図もそうで全体がバランスよく、小さな半島まで落とさずに描いている。数についての観念と図形についての認識が頭の中でうまく繋がらないのは、どうしてか。それは分からない。

最後に主だった山脈の名称を書き入れさせたが、これは皆よくできた。

一月十八日

疲労しても休養がとれない。児童と一緒に起床するのがつらい。

菊池校長来訪。通知表を持参する。早速評価を記入しなければならない。校長と去る十四日に連絡した事項について相談する。入試事務の処理方法と現作業員の退職了承。新作業員の採用はまた区長の篠崎さんと相談することになった。後続の疎開学年はない模様。現六年生の帰京にあたって残りの物資はすべて始末すること。

故井口町長の町葬の日時は未定なので、決定次第連絡し校長が参列すること。

校長の話によれば、東京には五日、九日、十日と少数の敵機が現われ焼夷弾を投下したという。そしてさらに十一日、十二日、十六日の未明にも敵機が現れ、その度にサイレンが鳴り響くのだから、おちおち眠っちゃぁいられない。それにくらべればここはまだ平穏だ。三月には子供たちは卒業で、危険な東京に帰ることを考えると、憂鬱になるといった。

一月十九日

宮部校への登校日だが、電話連絡をして中止。学寮で国語、算数、地理、習字の授業。午後は通知表に二学期の評価を記入した。

新聞によると昨日B29二機が浜松に来襲して、高性能爆弾一三発三トンを投下し、死者四名がでたという。

国語、算数、理科の授業をしたが、相変わらず読み書き、計算、理科は実験のない授業なので、われながら落胆するばかりだ。午後、成績一覧表と通知表をみくらべて、誤記の有無を調べた。誤記なし。

作業員の退職は、区長の篠崎さんの説得で取り止めになった。旧家で富農の篠崎さんは集落では相当の力を持っているようだ。

一月二十日

疲れがとれない。昨夜は疲れているのに容易に眠れなかった。いままで僕は睡眠薬を飲むのは嫌いだったが、今後睡眠不足がつづいたら、薬の服用もやむを得ないかもしれない。今度寮母が町にでた時薬局で買ってきてもらうことにした。小さな薬局で売っているかどうか分からないが。

寝小便をした者が二名いた。一度に二名とは初めてのことだ。疲れているのかもしれない。寮母は午前三時に起きて、庫裏と本堂をむすぶ廊下で、もぞもぞと動いているのに気付き、他の子供に分からないように、こっそり始末をしてやった。濡れた物は昼間になれば皆分かってしまうのだ

が。寒い夜に尿をもらした子供も大変だ。そしてその始末をしてやる寮母も大変だ。しっかり者の寮母は疎開にきてから一度も弱音をはかず、病気もしないのは驚きでもあり、有り難くもある。

応援教師の着任

一月二十一日

日曜日。疎開の増員として村瀬訓導が着任した。これは以前から要請していたもので、ようやく校長はこれに応えてくれたのだった。学寮の経営は児童の生活全般、授業、物資の調達、地区の人々との応接、それに寮長の出張など、僕一人ではどうしても無理がある。これは分かっていたが、今まで増員は適わなかった。いまとなっては遅いとも思うが、文句をいってもはじまらない。増員はありがたいと思うべきだろう。

村瀬訓導は三十半ばを過ぎた女教師だが、年齢のわりに顔に皺が多く、子供たちから皺皺先生と渾名をつけられていた。いつも自分だけで仕事をして協調性がなく、いるかいないか分からないような存在だった。そこで校長は残留教師の中から村瀬訓導を選んだに違いない。強いていえば体のいいお払い箱である。

早速住職の許可をえて、本堂の中の一部屋を借りて村瀬さんの部屋とした。寝具は国鉄で送ったというので、それが到着するまで民家から拝借した寝具を使うことにした。いままで寺に宿泊した者が使った布団である。慣れぬ布団で気の毒だがやむをえない。

一月二十二日

国定教科書にもられた内容はすべて、三月中旬には終了させなければならない。そうするためには国語、国史、地理の授業は、よく読ませ、説明し、理解を深めさせることが肝要で、これはある程度可能だ。ところが算数と理科はそうはいかない。まず算数は内容をしっかりと理解させ、練習問題をおこない、最後に考査によって、理解度を確かめなければならない。こうした方法は満足とはいかなかったが、以前はかなり成果はあったと思う。

ところが昭和十六年に教科書が改定されてから、算数についていえば、従来とちがって生活に即した問題を児童に課し、それを児童が自分の力で解決をしていくことを目標にするようになった。これは時代の要請でもあるが、しかし疎開生活の環境でこれを達成しようとしても容易ではない。むしろ困難ともいえる。例えば校庭の周辺を測ってその広さを算出する問題も、樹木の高さを測定する問題にしても、巻き尺一つないのだから何とも不如意だ。僕はここで自分の授業の弁解をしようとは思わないが、これらの目標の達成は児童の生命の安全と引き換えて損なわれていると思う。

理科についてもそうだ。昨日の日誌にも書いたが、実験がほとんどできないので、単なる説明だけで終わることが多かった。宮部校へ登校した時は少しは実験もできた。それは前もって準備が必要だが、前日にそれを済ませておく訳にはいかない。かりに実験ができたとしても、つい軽くすませてしまうことがあった。

佐藤洋治の母と米川秀次の父が面会にきた。佐藤の母は埼玉県に疎開しているうえ、父の仕事の都合で日が取れなく、やむなくこの日にきたという。米川の父は面会ではなく、児童の生活を写真に撮るためにやってきた。二人とも面会予定日ではないが、きてしまった以上帰れとはいえない。

佐藤の母がきたのは、中学の入試方法と帰京の日時を知るためであった。そこで新聞に掲載された中等学校入試実施要項のあらましを説明し、また児童の帰京は未決定だと話した。そしてこれらは後日父母会を開いた時にはっきりするから、それまで待ってほしいと話した。佐藤の母は安心したらしく一時間半ほどいて帰っていった。

米川の父は児童を並べて撮影したり、部屋や授業それに食事の様子などを撮影した。今時どこでどうフイルムを手に入れたのか分からないが、夕方になって帰っていった。米川は佐藤と共に成績はよいが、父は入試について一言もふれなかった。

一月二十三日

村瀬訓導の布団が着いた。輸送が困難な時期にしては早く着いたと思う。午後村瀬訓導を連れて集落をまわり区長、檀家総代、白井氏に紹介した。村瀬訓導は、こんなことまでするのですかと、人々に紹介されるのが不満そうであった。しかし区長の篠崎さん、白井さんにはこれからも取り分け世話になるのだから、紹介のことなど我慢してもらわねばならない。それに集落の様子を知ることはいいことなのだ。

一月二十四日

授業終了後村瀬訓導を宮部町に伴い、高野校長と助役に紹介した。村瀬さんは徒歩での四キロの往復は驚いたらしい。毎日登校するのか聞くので、一週間に三日だが、空襲警報がでるので今はやめているというと、安心したようだった。

一月二十五日

風なく暖かし。宮部校に登校する。昨日謄写印刷をしておいた、国語、算数、理科、歴史の考査をおこなう。いままで学習した効果を確認したいためである。学校では各自机があって、隣の者の解答を見ることはできない。学寮の細長く低い机ではそうはいかない。午後は校庭でドッジボールをして遊ばせる。みな元気よし。

一月二十六日

村瀬訓導の授業担当は、差し当たり国語と習字を担当してもらうことにした。筆の字はなかなか達筆なのである。

一月二十七日

最近子供の生活態度はよくない。すべてにわたってだらしがない。まるで病気でもしているように億劫そうなしぐさをする者が目につく。それでいて遊び時間になると馬鹿騒ぎをする。これは寺での生活が閉鎖的だからかもしれない。学校にいれば広い教室や廊下を走りまわり、校庭にでれば大声をあげて跳びまわることが出来るのだ。寺は狭い。時間に制約された生活も月日がたてばマンネリになり、ついだらけてしまう。子供には閉塞感がたまっているようだ。

そこで今日の午後好きな者どうしで五人組を作り、自由行動をとることにして、小遣いを持たせ宮部町にいくことも許した。町には一軒本屋があり駄菓子屋があるが、ろくなものはないだろう。

だが歩き回ることが肝要なのだ。
夕方子供たちはみな晴れ晴れした顔で無事に帰ってきた。警戒警報も空襲警報も発令されなかったのは、幸運だった。

一月二十八日
新聞の情報によれば、昨日子供たちがのんびり遊び回っている午後二時、B29七二機が来襲し有楽町と銀座を廃墟にしたという。またB29の数編隊は武蔵野町の中島飛行機工場を爆撃しょうとしたが、上空が厚い雲に覆われていたので、反転して市街地を雲上より爆撃したという。そして感度の悪い僕のラジオによれば、今日の午前にも一回来襲したらしい。

一月二十九日
まだいつになるか分からないが、三月中旬になれば六年生は卒業のために、帰京しなければならない。しかし、東京周辺の飛行機製作工場を爆撃するためにやってくるB29は、いつ全面的に市街地を爆撃するか分からない。こんな状況にある東京に子供たちを帰すのは、危険きわまりない。だが帰さない訳にはいかない。

必勝の信念、撃ちてし止まんなどという言葉に嘘はない筈だが、戦況がわれに不利なのは、新聞やラジオでいくら控え目に発表しても、最早明らかだ。それがやがて子供たちの生命にかかわるかと思うと、自分の気持ちは整理できないところがある。

宮部校でオルガンを使って音楽の授業。算数、理科、習字の学習。正午ににぎりめしと少々のおかずを食べ、下校は暗く狭いトンネルを通り、冬の田圃の中の道を『鎌倉』を歌って寺に帰った。勿論『鎌倉』のややもの悲しいメロディーは歩調に合う筈はない。だが子供たちはなぜか、「七里ヶ浜の磯伝い」と、自然に自分たちで歌いだしたのだった。

一月三十日

午前十時より藤枝町にある地方事務所で、皇后陛下が下賜された御歌と御菓子の伝達式があった。藤枝周辺地区の疎開学寮の寮長が何人も参集した。時局柄式は短時間で終わった。藤枝と宮部間のバスは相変わらず回数が少なく、しかもみな木炭車なので速力も遅い。しかし今はそんな不平をいってはいられない。

下賜された御菓子はビスケットだった。子供たちに二個ずつ渡すと、すぐに口に入れ音を立てて噛みくだいた者と、口の中でゆっくり溶かす者がいた。

午後四時宮部校の三浦訓導が勤務帰りに立ち寄り、明日は登校日ではないだろうが、教室があくから使用したらどうかといってくれた。

入試準備に上京

二月一日

学童疎開も五か月目にはいった。今日は三浦訓導のすすめもあり登校した。音楽はオルガンを使って「鎌倉」を音階名で歌い、また歌詞による斉唱をした。地理は大きな世界地図を梁からつるし、世界情勢について話をした。第三時は校庭でのドッジボール。正午近く学寮に帰った。警戒警報も空襲警報の発令もなかった。

二月二日

新聞は早く配達されなくなった。たいてい正午かそれより遅れる。昨日東京にはB29が二回来襲したという。今後はどうなるのか。わがO区も空襲され子供たちの帰る家がなくなるのではないか。だが、そんなことを子供たちに話して煽るわけにはいかない。

二月三日

明日入試準備のための父兄会に出席する予定を忘れていた。これは一月二十九日に通知をうけていた。疲れが溜まっていたといえば聞こえはいいが、やはり緊張感がうすらいでいたのだ。

二月四日

日曜日。上京する。留守のあいだ村瀬訓導がいるので大いに助かる。

M校の太田訓導と共に、宮部町で静岡駅行きの午前八時四十分のバスを待つこと二時間。ようやく乗れたと思ったら途中でエンコ。運よくトラックがきたので便乗し、静岡駅に着いて無事乗車。ところが熱海にきて空襲警報が発令され停車。再び発車したのは四十分後。その後も何度も停車して、横浜に着いたのは午後十一時三十八分だった。しかもここから先は行かないという。やむなく駅前の旅館で一泊。食事はでないので持参したさつまいもを食って寝た。

二月五日

午前十一時半学校着。湯ヶ島の天城旅館寮からは六年女子担任の大江訓導がきていた。午後一時より父兄会。校長が挨拶と六年生の疎開終了日時について説明。つづいて僕が「昭和二十年度中等学校選抜に関する実施要項」の説明をした。児童の帰京については次の通りである。
1、帰京期日。三月九日。金曜日。期日の決定は都の教育局よりの通達による。六年生の疎開児童全員はこの日にすべて帰京する予定であるが、輸送事情により変更があるかもしれない。
2、荷物はそれぞれ修善寺駅と焼津駅より品川駅まで輸送。駅からはトラックで学校に運送する。
3、都外に疎開した父兄には小包で直接輸送する。
4、輸送の時刻は現在未定。軍用貨車その他の優先列車があるため、一般客車は削減されている。
以上。

中等学校選抜についての説明が終了し、進学希望について個人面談となった。父兄に児童の学力にそった学校をすすめると、大体は理解をしたが、中には到底合格しそうもない難関な学校を希望する父兄がいた。そこで去年の進学状況を説明し、児童の五年六年の成績からみて、合格は無理ではないかというと、兄が合格したのだから、弟がはいれぬ筈はないと主張する。兄は優れていたが兄との学力の差をまるで認識していないのだ。こんな親は毎年一人二人はいるが、合格した例は一人もいない。

父兄は概してお世辞がいい。疎開に出掛けた時の僕への悪評はどこへやら。だが入試の結果によっては、何時誰が心がわりをするか分からない。

二月六日

午前十時より昨日参加出来なかった父兄との個人面談。午後菊池校長より校長室で、来年度の集団疎開の宿舎についての話があった。

校長の考えは、焼津の清涼寺と聖沢院の宿舎は取り止め（都としては静岡県下は危険地域と判断したらしい）、野田訓導と僕は湯ヶ島の学寮へ派遣する予定。家族同伴でもいいが、家族の宿舎は学寮とは別にしてほしいとのことであった。

二月七日

帰京と同じようにたっぷり時間がかかって、昨夜遅く焼津より宮部町まではトラック、あとは夜道を歩いて学寮に向かった。夜空に星が凍りついたように光っていた。寺に着くと十二時を過ぎていた。

朝起きると子供たちは僕の顔を見るや、先生、東京で風邪を引かなかったですかという。何時も叱ることばかり多いのに、こんな言葉を聞くと嬉しく思うし可愛いと思う。村瀬訓導は今日から一週間焼津の清涼寺にいきたいという。それは校長の命令かと聞くと、はっきり返事をしない。さらに聞くと四年生は女の子だからいきたいといい、校長は三日位ならいいといったという。長年教師をしているのに子供が駄駄をこねるように、同じことを何度も繰り返していった。

今日は宮部校への登校日だったが、学寮で水曜日の授業。国語、算数、習字、理科をびっしりやった。

二月八日

村瀬訓導は清涼寺の野田寮長のもとへ出張した。出発しようとして、野田先生が一週間いてもいといったら、あちらにいてもいいですかという。なぜそんなにここを嫌うのかと聞くと、寮長が東京にいっている間、寮母が下駄箱を整理しなさいといっても、子供たちは寮母は先生ではないから、いった通りにしなくてもいいといい、私が朝礼を指示しても集まらず、ようやく集まってラジオ体操をさせようとしてもしない。授業中火鉢は先生の脇にもっていかなくてもいいといい、運動靴のまま廊下にあがったり、夕食がすむと勝手に布団を敷いて寝てしまう子供もいて、私のいうことなどさっぱり聞かなかったという。なるほどそういうことなら、嫌うのも無理はない。清涼寺にいって野田先生が一週間いてもいいといったら、そうしてもいいというと、村瀬さんは皺だらけの顔をゆがめて笑い、せかせかと出掛けていった。

二月九日

子供たちを畳の上に正座させて、村瀬訓導の言い分が正しかったかどうか、厳しく尋問した。始め黙っていたがやがて話しだした。村瀬訓導のいうとおりだった。

そうか、そんなことで卒業真近の六年生といえるか、いままで集団生活をきちんとやっていたではないか。それを先生が留守となると、不意に陰日向のある生活をするのはなぜだ。これはお前たち一人ひとりの問題だ。これでは自分の心を破り捨てて、ドブに放り込んだりと同じではないか。僕は最近は厳しく叱ったことはなかったが、今日は厳しく叱った。そして基本的な集団の躾が一挙に崩れたように思って、悔しかった。子供たちは度々の空襲の情報を聞いて情緒不安定になっているのか、おとなしい女教師を見くびったのか、それとも卒業の開放感を先取りした行動だったのか。もしそうなら教育とは何と空しいことではないか。

二月十日

土曜日の授業。国語、算数、理科、寺の庭で体操。午後区長の篠崎氏、白井氏、檀家総代の丹羽氏来訪。岸田住職にもきてもらい来年度は宿舎は拝借しない予定であることを話した。すると方々はみな、それは分ったが、今これからなぜ空襲の激しい東京に帰るのかという。そこで、六年生は卒業した後、高等科や中学にすすむので、集団疎開はないのですと話すと、みな黙ってうなずいた。

浜松にＢ29二機来襲し焼夷弾一三発三トンを投下して、死者が二名でたという。艦載機もやってきた模様だ。

二月十一日

紀元節。児童全員を引率して宮部校に登校して式に参列した。帰って学寮報を印刷し、各方面に郵送する作業を子供たちに手伝わせた。

二月十二日

東京Ｏ区の区会議員二名来訪する。疎開生活の現状と来年度の宿舎について説明をした。議員は一時間ほどいて清涼寺の学寮にいった。何の目的できたのか分からない。しきりに焼津で魚の土産を買う話をしている。これでは年度内の出張旅費を残さず使うためにきたのだと、疑われても仕方がないではないか。

二月十三日

親から子供たちにくる手紙を見ると、必要以上に空襲の恐怖を煽るものがある。なんとも無神経な話だ。聖沢院での生活には空襲の恐怖を感じさせるものは、今のところはない。差し迫った環境もない。安泰といえば安泰なのだ。親は子供に恐怖心をうえつけるつもりはなく、おそらくある心理状態を共有したいために、つい防空壕に逃げ込む訓練をしているとか、お前の部屋の下には水を張ったバケツが二つ用意してあるとか、卒業までは空襲はないとか、書いている。

午前。宮部校に登校。国語、漢字の書き取り。算数、文章問題（割り算）。歴史、明治から昭和へ。音楽、オルガンによる歌唱練習。

午後。裏の山裾に沿った道を遠く歩いて天祖神社にいく。小さな森の中にこじんまりした社殿があった。社殿の前に暖かな陽だまりがあったので、そこに車座に座り、歌をうたったり、交互に立ってなぞなぞ遊びをした。僕は子供たちが元気な声をあげるのとは反対に、なぜか空虚な気持ちになっていた。こんなことではいけないのだが。

二月十四日

村瀬訓導帰らず。農協にいって電話を借り野田寮長と話すと、村瀬訓導は小寺先生が一週間帰らなくていいといったというので、留め置いたという。何とも呆れたことであった。もういいから、そのまま預かってくださいというと、野田さんは笑っていた。

二月十五日

午後一時、空襲警報が発令されて間もなく、激しい爆発音と振動を感じた。わが戦闘機と敵艦載機の空戦らしき重苦しい爆音も聞いた。授業は木曜日の予定通り実施。ふと福沢諭吉を思いだした。諭吉は官軍が上野の山にこもった彰義隊を砲撃する大砲の音を聞きながら三田で授業をしたという。僕は自分をそれになぞらえる気持ちはないが、こうしている間に何時艦載機が襲ってくるかもしれない。これはもう現実なのだ。とにかく児童の生命を守る工夫をしなければならないが、ここでは防空壕は掘っていない。

二月十六日

新聞は昨日B29一五機が分散して、浜松、磐田、静岡に来襲し、高性能爆弾七三発一八トン、焼夷弾五六発七トンを投下、静岡に人員の被害はなかったが、浜松、磐田合わせて一六九名の死者がでたと報じた。また艦載機が多数来襲し、わが戦闘機と交戦したという。昨日の爆発音も振動も空戦の爆音も、聞き違いではなかったのだ。

二月十七日

昨日の静岡方面の空襲の状況は、子供たちも知っていたが、具体的な被害は知らないので、ほとんど話題にでなかった。そこで夕方に届いた新聞に掲載されている状況について話をした。恐怖心をそそる必要は無論ないが、冷静に状況を話してやることは大事だ。話し終わると子供たちは「へーっ」といって驚き、また緊張した表情をした。しかしまだ心には十分の余裕はある。今日の作業。部屋の大掃除。庭の清掃。

二月十八日

学寮で授業。算数、四桁数字の加法と減法の問題十題。やり終わったあと、四人集まってそれぞれの答案を交換し、正誤を確かめ合い、点数をつけた。国語も漢字十題、同様な方法で正誤を確かめ合った。子供たちはわいわい言いながら、面白がってやった。浅見善吉軽い下痢。征露丸を飲ませる。

二月十九日

米軍が硫黄島に上陸し、わが守備隊を激しく攻撃しているという。新聞を読んでも戦況はさっぱり分からない。

二月二十日

庭隅にある白梅の花が五六輪咲いた。何かそこだけがぼーっと明らんで見える。僕が花を見上げていると、山部和彦がやってきて、「先生は知らなかったの。もう三日前から咲いていたんだよ」といい、紙を一枚差し出した。見ると「梅咲けばもうすぐ帰る渡り鳥」とある。「おれたちは」と書いて「渡り鳥」と訂正してある。よくよく考えたようだ。和彦にこんな才能があったのかと驚いて、「本当にきみが作ったのか。うまいじゃないか」というと、和彦はへへへと笑いそわそわしていた。俳句には帰京の気持ちがこめられていると思うと、いじらしかった。

帰京を前に落ち着かぬ子供たち

二月二十一日

菊池校長へ速達をだした。

1、奉仕会より食費を至急送ってもらうよう依頼。
2、作業員の就業期日は三月九日までとして、給料はどう計算するか。
3、三月の諸経費の処置は早めに願いたい。
4、帰京後、父兄が東京都以外に居住している場合、児童の通学はどうするか。(卒業するまでの期間)
5、帰京にあたり、地域への謝礼はどうするか、指示ありたい。
6、入試の内申書は二月二十三日にこちらより郵送する。以上。

帰京予定日までの日程表を書いたが、決定できない事項のため空欄が多い。ふたたび子供たちの生活がだらしなくなった。そのくせ自分の書棚の整理だけはきちんとしている。早くも帰り支度をしている訳か。作業員の勤務状態もまただらしなくなった。食事の後始末と事前の準備が緩慢だし、一刻も早く帰宅したい気配をしめす。子供たちにも作業員にも疎開終了日は話していないが、すでに感知しているのかもしれない。

二月二十二日

師範の同級生だったYから手紙くる。かれは群馬県のT町にいる。僕が聖沢院にいることは、僕の本校に問い合わせて分かったのだという。Yの学寮の集団生活はまあ纏まっているが、全学年の学習状況はやや乱れている。また中学入試の準備などという環境ではなく、それが父兄のあいだで問題になっているという。父兄は集団疎開の実情を今になっても理解していないので、呆れているとある。どこでもこんなことは起こっているに違いない。そこで励ましの返事を書いた。

二月二十三日

学寮の周辺の風景を見ると、わずかながら春めいた感じがする。しかしなお寒さは繰り返すだろう。児童に病人のでないのは何よりも幸いだ。

二月二十四日
土曜日。二十一日に菊池校長に速達をだしたが、返信なし。もう返信などいらない。こちらの考えや要求が届けばそれでよし。

二月二十五日
校長より来信。これは昨日発信した速達の返事ではない。内容は当学寮の使用終了日について、O区の学務課長と輸送その他について検討したこと、および六年生卒業後の諸事終了後小生の湯ヶ島への派遣は決定とのこと。寮長の山崎訓導が、ぼくの派遣を校長に要請したためなのだろうか。

二月二十六日
校長へ発信。
1、需要費の内容報告書を同封する。
2、燃料は豊富にあって帰京までには使い切れぬが、この処置如何。
3、当地で購入した用具、備品の処置指示ありたし。
4、児童の荷物を梱包するための紐または縄を、父兄より集めて送付してもらいたい。こちら紐、縄は全く不足。

5、野田訓導が湯ヶ島寮に派遣された場合、学寮長になるのに異論はないが、小生の学寮長は辞退したい。

6、寮母は三月九日に解任を希望。小生が湯ヶ島に派遣されたる場合、学寮は旅館ゆえ母は別室での生活を許可されたい。母を空襲下一人で在京させるのは困難なため。以上。

昨日、浜松へB29一一機来襲、高性能爆弾一〇発二トン、焼夷弾一二九発二五トン投下、死者七名との新聞の報道あり。ここにも次第に危険の迫る思いがする。

朝刊が夕方になって届いた。東京は大変なことになっていた。午前七時四十一分に敵の艦載機百数十機とB29一〇機が来襲し、爆弾と焼夷弾で下谷区の大半を消失させ、つづいて一四時五十八分にB29一三〇機は市街への本格的な無差別爆撃をおこない、神田、本郷、下谷、浅草、荒川などを焼きはらったという。わがO区は無傷のようだが、何時やられるかわからなくなってきた。

二月二十七日

再び校長へ速達発信。

1、奉仕会へ先月二六七円返却したため、目下赤字、需要費よりまわしても可なりや。

2、清涼寺学寮の野田訓導より、奉仕会からの二月分の食費、事業費、一二月分の手当てを受領。
3、都外居住の父兄へ直送する児童の荷物は七個の予定。
4、帰京時の荷物梱包は地区の人々が手伝ってくれるとのこと。(区長篠崎氏談)
5、焼津駅よりの連絡事項。
荷物搬入日。三月七日。六三個、貨車一輛。
他は小荷物として輸送。
(三月七日児童はなお宿舎で宿泊するので、なお折衝の要あり)

二月二十八日
区長の篠崎さん来訪。児童の帰京について諸事話し合う。故井口町長の町葬も後任もまだ決まらないようだ。
この頃、かつて寮を脱走した暴れん坊の連中は、妙に神妙だ。なにやら悪事をたくらんでいるかと思うほどだ。しかしそれとは違った神妙さだ。と思っていると変にざわめくことがある。これはこの子供たちだけではなく、普段比較的おとなしい子供も、せかせかした雰囲気を持っている。さっさと布団を片付けたり、食事が終わるとすぐ片付ける。また時々大声をあげたかと思うと、急に静かに話し合う。こうした現象は注意して見なければ、見過ごしてしまうが、これは帰京が近づいたためか。動物には地震を予感して普段とは違う動作をするものがいるというが、子供たちもそれと同じだと考えるのは、僕の僻みか。

帰京の準備

三月一日

ついに疎開最後の月がきた。

午前十時、野田、M校塩田両訓導と共に焼津駅で、輸送係員と話し合った結果は次のようである。

＊三月九日。臨時列車一三時一九分焼津駅発。児童数。二六七名。（他の疎開校との合計）

＊荷物。三月七日早朝駅に持ち込むこと。当学寮の荷物数。六三個。

菊池校長より来信があった。二月二十一日にだした速達の答えであった。折り返してまた速達をだした。

1、帰京の件および諸事項の返答了解。

2、荷物は三月七日に焼津駅搬入につき、紐、縄至急送付されたし。
3、宮部学寮報を送るので父兄への配布願いたし。
4、児童全員健康。浅見善吉の胃痙攣も治る。

三月二日

本日を以て授業は打ち切ることにした。修身、国語、国史、地理の学習内容は終了した。前にも書いたが、理科は教科書にそって説明しただけのところが多かった。習字の臨書すべて終わる。音楽はいくつか歌わない歌があった。教科書にない初歩的な音典をもう少し教えたかったが、ピアノがないのでできなかった。卒業式に歌う「蛍の光」は帰京後練習をするつもりだ。図画は主要なものはすんだが、工作は材料がなく、部屋の戸棚の修理や板の切れ端で箱を作ったり、生活にかかわる作業をだいぶやった。体操、武道は不十分だが予定したことは一応終わった。しかし全教科にわたって充実した授業とはいえないのは、集団疎開とはいえ残念でならない。

★帰京予定。
三日。諸費精算。荷札作り。紐、縄、筵受領予定。
四日。荷物整理。荷造り。児童の通信本日締切り。

五日。異動申告書受領のこと。荷造り。餅つき。
六日。荷造り完了。地元より借りた物品返却。
七日。荷物発送。
八日。柳地区への感謝会。
九日。疎開終了式。

三月三日

土曜日。奉仕会役員の吉沢氏より送られた手紙と荷物が着いた。紐、縄、鼻緒、石鹸を受領。手紙には缶詰は小田さんの反対があったので送付しないとあり、八日には役員二名がそちらに行くとあった。

早速吉沢氏宛ての速達をだした。

＊荷物受領。
＊役員の来訪は八日でなく六日にされたし。
＊缶詰は小田氏の指図をうける必要はない。六日に持参されたい。地区の人々にたいする感謝会に使用するためなり。

＊当学寮の終了式は三月八日。
＊都外居住の父兄で住所の分からない荷物は、学校に送付するので処置を願いたい。
（役員小田氏へも同様の速達をだした）
午後一時校長と奉仕会委員きたる。委員より帰京の旅費を受領する。また奉仕会より宮部町と柳地区へ一〇〇円、聖沢院と宮部町国民学校へは各五〇円を謝礼することになった。

三月四日
日曜日。児童各人に荷物を整理させた。各自の戸棚から衣服やシャツや持ち物を畳の上に全部ださせ、確認させ、バックとリュックサックに入れ、風呂敷に包みたい者はそうさせた。みな熱心にやった。還りなん、いざ、という気持ちが子供たちの心を占めているに違いない。

三月五日
柳地区より職員児童に蜜柑小箱一つ、土産として頂戴する。午後三時より白井さんが以前に調達してくれた糯米を使い餅つきをした。白井さんには最後まで世話になった。深く感謝する。餅は小餅にまるめて三九四個。児童、住職、作業員、職員、寮母、本校残留職員、残留児童への土産等、それぞれ分配する予定である。

昨日荷造りをしている午前中、浜松にB29九機が来襲し、高性能爆弾九二発二五トン、焼夷弾一二発三トン、清水には一機がやってきて、同爆弾三発三トンを投下したという。また横浜、川崎にもB29ばかりか艦載機も来襲し、しかも低空から機銃掃射を加えたという。京浜地区はわがO区と隣接している。やがて疎開を終え帰京する子供たちは喜んでいるが、危険な地帯に帰るのは心配でならない。

三月六日

荷造り終了。白井さんと地区の五名が手伝ってくれた。不愉快なことがあった。それは村瀬訓導が清涼寺から帰ってこなかったためだ。白井さんに彼女の持ち物の荷造りをやってもらった。村瀬訓導はいったい何しにここへきたのだろう。何の自覚もないようだ。

夕方頭髪ののびている者七名を集め、バリカンで刈った。ところがバリカンが切れなくなってい て、子供は痛い痛いといった。まもなく家に帰るのだ、きれいにして置いたほうがいい、少し位痛いのは我慢しろといった。

三月七日

早朝、白井さんが用意してくれたリヤカーで、子供たちに荷物を農協近くの十字路まで運ばせ、そこからはトラックで焼津駅まで運送した。トラックを頼んだのも駅までいって駅員と交渉してくれたのも、すべて白井さんが一人でやってくれた。白井さんには疎開以来何事につけても実に世話になった。何と感謝をしたらいいのか、言葉もないほどである。

午前十時より宮部町国民学校で送別式を開いてくれた。

高野校長の激励の言葉。つづいて児童代表の新田重吉が感謝の挨拶をした。M校の代表は女子の児童だった。宮部校の低学年児童が稚拙ながら心をこめた踊りを見せてくれた。帰りに蜜柑を頂いた。思えば宮部校には校長はじめ全職員から、何時も親切に対応してもらった。心から感謝したい。

困ったことがあった。それは夜になって寝る布団がないことだった。やむなく子供たちは火鉢を囲んで夜遅くまで話し、手荷物の中からシャツをだして重ね着をし、普段の服装のまま、あるいは外套を着たまま、民家から借りた布団に足を入れて寝た。まるで目刺しのように。

三月八日

子供たちに弁当を持たせて、一日自由行動をとらせた。子供たちは集落を歩き回り、宿泊をした家にはお礼を述べたようだった。民家の中には馳走してくれたり、土産物を持たせてくれたりした家もあった。白井さんは家に十名あまりの子供を集めて、赤飯を炊いて食べさせたという。

午後六時より五目寿司、すまし汁、鰊などのささやかなもてなしで、世話になった方々への感謝会を開いた。招待した方は岸田住職、区長篠崎さん、白井さん、もう一人の篠崎さん、檀家総代の丹羽さん。それに早朝にやってきた奉仕会役員の淵川さんと森田さんが加わった。みなでわずか五合の酒を飲み交わし賑やかに歓談をした。区長さんから兎の肉と椎茸、白井さんからは赤飯、もう一人の篠崎さんからは明日の弁当を頂いた。

僕は地区の皆さんに深く頭をさげて、感謝の言葉を述べた。いくら言葉をついやしても、足らないと思った。奇妙なことがあった。それは感謝会が終わってから知ったことだった。奉仕会から係りの小田さんに委託された鮭の缶詰は十五個だった。ところが淵川さんたちが持参したのは十個だった。淵川さんたちは小田さんから、確かに十個だけ渡されたのだという。僕はこれで先日の吉沢さんの手紙に、小田さんが缶詰は疎開先に送付しないでいいといったと書いてあった訳が分かったように思った。食糧不足とはいえ、何ともあさましいことだった。

今朝の新聞には硫黄島の激戦が報じられている。明日空襲がなければいいのだが。

赤い雲

三月九日

晴天だった。午前八時半、疎開終了式。早朝からやってきた地区の主だった人をはじめ、国防婦人会、青年団の人々が、整列した児童のわきで見ていた。佐藤洋治が岸田住職に向かって感謝の言葉をのべた後、全員で回りの人々に大きな声で「ありがとうございました」と挨拶をした。住職には昨日都より届いた下駄をお礼に差し上げた。

九時三十分、人々に送られて聖沢院の山門を後にした。子供たちが初めてここにやってきた時、周囲には青々とした稲田が広がっていた。川も流れていた。そこで水泳もやった。しかし今は川の流れは疲せ、黒々とした田圃ばかりだ。子供たちは早春の気配がただよっている道を歩いた。なぜかあまり話をせず黙って歩いた。

昨日の連絡では宮部校の前には、トラックが二台がきている筈だった。それがなぜか一台だった。運転手の話によると、M校では昨日荷物の発送準備ができず、今日になって一台はそちらに回したのだという。トラックは子供たちが乗り終わるとすぐに走りだした。

さらば宮部町。僕はトラック上から、遠ざかっていく町並みとその向こうに見える山を振り返って見た。トラックのあげる土埃の中で、かすんで見えた。

焼津駅には三校の疎開児童が集まっていた。宮部町助役、教育部長、高野校長、区長の篠崎さん、白井さんたちが見送りにきていた。子供たちは整列し、一同そろって感謝の礼をした。

午後一時一九分発。臨時列車だった。児童は八輛目の前半の座席に座った。後半の座席にはM校の児童が座った。発車して暫くすると安心したのか眠った者が何人もいた。幸い列車は停車することはなく走った。

横浜駅で乗換え、午後六時二十分に久しぶりのO駅に着いた。駅には菊池校長、大橋首席訓導、広沢訓導、残留だった女教師の井田訓導、それに奉仕会役員と多くの父兄が出迎えにきていた。

ふと井田訓導が僕のところに寄ってきて、酔っ払いの西川先生はとっくに帰っているんですよ。毎日酒ばかり飲んで中毒になり、二月末に湯ヶ島から帰されたんです、といった。僕はこれは予想していたことなので、苦笑いをして聞いた。

子供たちを引率して灯火管制で暗い町中を歩き、磐代神社で帰京の報告し、子供たちに明日の予定を話し、父兄に挨拶をして解散した。父兄も僕たちに挨拶を返した。僕は子供たちが親と一緒に、三三五五連れ立って暗い道に消えていくのを見て、とにかく全員無事に帰ってきたと思った。また責任を果した思いと、安堵感ばかりが強く頭を占め、ことさらに特別の感慨は湧いてこなかった。僕がしばらく子供たちが歩いていく方角を見ていると、一人の母親が近付いてきて、疎開に貸した蚊帳はいつ返してくれるんですかと、怒ったような口調でいった。お疲れさまとはいわなかった。疎開が終わっても変な親はいるものだ。

僕は菊池校長と明日の予定を話し合った後、母を連れて空き家にして置いた家には帰らず、親戚の家に泊りにいった。

深夜、突然の警戒警報につづいて空襲警報のサイレンが鳴り響いた。急いで外にでて見ると、遥かな北東の空に雲が垂れ下がり真っ赤になっていた。赤い雲は江東地区の家々が燃える炎が雲になっているらしかった。重苦しく複雑な音が聞こえるように感じた。これは実際には聞こえなかったのだろうが、来襲した多数のB29の爆音と、市街地の燃えあがる音にちがいなかった。

ああ、あの赤く燃える雲の下には、つい数時間前、疎開地から帰ったばかりの六年生がいる。子供たちは赤い炎にあおられて逃げ惑っている。そんな思いが胸をつきあげてきた。

僕は身をかたくして、遠い向こうの赤い雲を見つめつづけた。

あとがき

学童集団疎開は一九四四年（昭和一九年）より終戦の年まで実施された。今から五九年前である。そしてこれを経験した児童たちは、すでに六十半ばを超えた年齢になっているはずで、これを思い起こすたびに、集団疎開の有様とその意味を反芻しているにちがいない。しかしこの異相の教育現場を知る人は、今は少ないであろう。そこでその状況を探ってみることにした。

小著は当時若い教師であった原清太郎氏の『集団疎開日誌』に基づいて書いた。この日誌はノートを使用し、当時の状況がルーペでないと、読めないほどの細字によって克明に書かれている。すでにやぶれた表紙ははがれ、長い年月をへて変色している。

なおこのノートは上下二冊に分かれている。小著はその上巻によって書いたが、集団疎開はその後再疎開が実施され、それは下巻に記されている。しかし日誌は毎日書くことによって意味が生じるとする観念にしたがえば、その全容を描くのに下巻は日付の欠落が多い。惜しいがこれは措くことにした。

小著はむろん教師の日誌そのものではなく、アレンジした表現をとっている。しかし一つひとつの事象については、当時の状況に近い表現をしたいために、疎開日誌の筆者に質問し、文章によって答えてもらい、また談話によっておぎなった。

日誌にはもとより公私の別の形態があり、私的なものには、気儘に何の形式にもとらわれぬもの、自分だけ理解すれば、それでよしとするものなどがあるが、共に事象の全容の表現には限界がつきものである。したがって小著の場合も表記不足や誤りがあるかもしれぬが、その責めはむろん著者のものである。

二〇〇三年七月

著者

一訓導《いちくんどう》の学童《がくどう》疎開《そかい》日誌《にっし》

著者略歴

岡本　喬（おかもと・たかし）

1924年生まれ。

＜著作＞

詩集『地図』（歴程社）

『現代詩集歴程篇』「斷橋」他（角川文庫）

『現代詩の観賞』「草野心平」他（現代教養文庫）

『詩と随想』共著（現代教養文庫）

*

『解剖事始め』（同成社）

『海軍厚木航空基地』（同成社）

『薄命の教室』（同成社）

*

『ヒメジョオンの蝶』（書肆ユリイカ）

『黄次郎雷次郎』（芳賀書店）

『理科室』（同成社）

『遠めがねのけしき』（同成社）

『鎌倉おどけ文』（同成社）

＜編著＞

『本郷隆・詩の世界』草野心平共編（湯川書房）

『本郷隆詩論集』（私家版）

2003年8月1日発行

著　者　岡　本　　喬

発行者　山　脇　洋　亮

印　刷　三　美　印　刷　㈱

発行所　東京都千代田区飯田橋4－4－8　東京中央ビル内　㈱同成社

TEL　03-3239-1467　振替00140-0-20618

ISBN4-88621-277-8　C3321